药王庙遗址

双溪古寺遗址

眉山寺山门

能仁古寺“佛境”牌坊

广州碑林（前身是白云寺）

眉山寺侧殿旁的文物

“景泰寺”石鼓

六祖铜像

大门紧闭的云岩

平南王铁钟

“金瓯古道”牌坊

石猫像

“锡泉古井龙神”牌位

大通烟雨井遗址

“景泰禅师传”石碑

光绪年间所立的关于保护寺庙的石碑

寻找广州
消失的庙宇

张霖 著

羊城晚报出版社
·广州·

图书在版编目（CIP）数据

寻找广州消失的庙宇 / 张霖著. — 广州：羊城晚报出版社，2015. 10

ISBN 978-7-5543-0198-2

Ⅰ. ①寻… Ⅱ. ①张… Ⅲ. ①报告文学—中国—当代 Ⅳ. ①I25

中国版本图书馆CIP数据核字（2015）第133836号

寻找广州消失的庙宇

Xunzhao Guangzhou Xiaoshi de Miaoyu

策划编辑 吴 江
责任编辑 黄捷生
责任技编 张广生
装帧设计 友间文化
责任校对 何琳玲
出版发行 羊城晚报出版社
（广州市天河区黄埔大道中309号羊城创意产业园3-13B 邮编：510665）
网址：www.ycwb-press.com
发行部电话：（020）87133824
出 版 人 吴 江
经　　销 广东新华发行集团股份有限公司
印　　刷 佛山市浩文彩色印刷有限公司
规　　格 787毫米×1092毫米 1/16 印张10.5 插页2 字数150千
版　　次 2015年10月第1版 2015年10月第1次印刷
书　　号 ISBN 978-7-5543-0198-2 / I · 225
定　　价 20.00元

目录

Contents

末法时代

一天，好友突然问我："我常常看到你手戴佛珠。你有没有皈依啊？"

"没有。"我愣了一下。

"我跟你讲，皈依好啊！"她不容分说就开始盘算起皈依的好处来了。

"你看，皈依很便宜的，交5元就可以拿一个皈依证了。然后凭证就可以免费出入全国的佛寺，不用钱。你想想，进光孝寺都要5元，进一次就回本了。而且也不需要什么条件，去念经什么也很方便的。"

"可是我要皈依在哪位师父的门下呢，我对具体的情况一无所知，就这样皈依不好吧？"

"怕什么？有什么不好的？过几天，六榕寺就可以办证了，我已经办了，你也去吧！"

朋友说话直来直往，速度和机关枪差不多，不容分辩，说得我云山雾罩的。

恍惚中，我回想起甲午年春节烈日下光孝寺里的情形。

"观音菩萨啊！你要保佑我一家人平平安安身体健健康康，老公发财，个仔（儿子）学业有成，我买嘅股票一路上升啊！阿弥陀佛！"

她念得很大声，而且快速、坚定，然后高高举着三支像中指一样粗的大香，恭敬地拜了三拜之后，把香放在一旁跪在垫子上又磕了三个头，才起身点香。旁边的人都见怪不怪。

我忽然起了个念头："她求了这么多，菩萨忙得过来吗？"

通往大雄宝殿的道路两旁临时放置了十多个香火台，每个香火台里又有三盏香灯，但是点香的信众仍然排起了长龙。大雄宝殿前的香炉香已经无处可插，香灰看来要不了多久就会满出香炉。配有透明眼罩、纱布口罩、橡胶手套的义工们站在人群面前，不顾大家不停地抱怨把刚刚插下的香拔起投到香炉中间一起燃烧，火焰足足有半米高。之后义工们开始用铲子将香灰清出香炉，并用垃圾袋装好。完毕后，还要用高压水枪冲洗香炉四周地面以及香炉本身。完成后，已经等候良久的信众们一拥而上，把香炉周边重新挤了个里三层外三层。人群散后香炉又是再无插香之地了。

位于长洲岛广州唯一保存完整的金花古庙

重建中的龙洞石门古庙

大雄宝殿两旁的地藏殿和伽蓝殿也是人头涌涌。地藏殿前有两个人，一个站着一个跪着，都手捧经书不停地念经，一个用粤语一个说普通话，此起彼伏却又互不干扰。信众们也习以为常，只是礼佛时稍微避让一下。人潮络绎不绝。

大雄宝殿内正举行新年祈福法会，门口摆着栅栏，不让信众入内打扰。大殿并不像往常一样灯火通明，而是把灯光集中在佛祖像上，其余一片漆黑，显得神圣庄重。

佛像前坐满了僧众，他们以极快的速度唱诵着经文。木鱼编钟声声催促着，和尚们当然谙熟于心，但是居士们大部分都要手捧经书跟得有些吃力但好歹还是跟上了。殿前挤满了人，正门已经没有位置了，偏门又开始积聚了人群，甚至有人跨过栅栏进入殿内，行至佛前礼拜。还有人则是置“大殿请勿拍照”的告示于不顾，咔嚓个不停，闪光个不休。

殿前的平台上有一个很大的香案，上面摆着信众供奉的各式各样的祭品。法会的时间很长，半小时过去了围观的人都没有减少。我站着有点累了，正想转身到其他的殿去礼佛，突然背后有人大叫了起来。

"有冇搞错啊！呢度系咩地方啊！系边个将猪肉摆喺香台上嘅！（有没有搞错啊！这里是什么地方啊！是哪个把猪肉放在香台上的！）"

声音压过了法会上的诵经声，大家纷纷转过头来。正在怒吼的是一位满头银发的老婆婆，她紧接着又连续扯着嗓子喊了两三遍，大家面面相觑无人回应。

"真系嘅，都唔知啲人新年流流到底系来祈福定想做咩嘅？（真是的，都不知道这些人大过年的究竟是想来祈福还是想做什么的？）冇人认喇系嘛，冇人认就当垃圾掉㗎喇。（无人认了是嘛，无人认就当垃圾扔的了。）"老婆婆一边摇头一边收拾，放到香案旁边一个巨大的垃圾袋中。

"仲有啊，呢啲纸钱系边个㗎！冇睇见上面写住禁止摆放纸钱嘅咩！（还有啊，这些纸钱是谁的！没看见上面写着禁止摆放纸钱的吗！）"

这下有人回应了，一个跪着拜佛的年轻时髦女子噌地一下站了起来，着急地说："系我嘅，系我嘅。唔好意思。（是我的，是我的。不好意思。）"

"都写明唔准放都仲要放，快啲拶走，唔好增加垃圾。（都写明白不许放了还是要放，快点拿走，不要增加垃圾。）"

"好嘅，香都要拶走呀？（好的，香都要拿走吗？）"女郎很小声地问一句。

"香就带返屋企啦，拜咗佛就会有福气喇，将福气带返屋企有咩唔好，点解要留喺呢度做垃圾咁大嘥吖！（香就带回家吧，拜了佛就会有福气了，把福气带回家有什么不好，为什么要留在这里当垃圾这么浪费啊！）"

见到女郎手忙脚乱，婆婆脸色缓和了很多，随手递过去一个胶袋。女郎十分感谢地收拾好东西离开了。香案上还有两堆纸钱，婆婆再三询问无果后嘟哝着将其丢入已经不能再满的垃圾袋中。忙完一轮，老婆婆才坐下休息一下喝口水。

事隔多日，我在文昌路街头偶遇好友文静。他非常高兴地拉着我七弯八拐地找到一家他熟悉的餐厅非要请我吃饭。餐厅开在一间大押里。因为我进门的时候看到门口挂着一块牌子介绍这是一个大押，还是文物保护单位呢！可见还是有点

大押的天花

来头的，可惜名字已经记不得了。大厅里安装了天花板，就和普通的饭馆一样。真正特别的是进到房间以后，这里还保持了原来大押的基本样式，没有安装天花板可以直接看到两层楼高的屋顶，中间空空的。没有楼板最明显的感觉就是层高很高，虽然说不出到底有多高，但感觉上不会比现代化的天河城、时代广场低。房顶下木梁交错，纵横复杂，文静说这是根据大押的实际需要而设计的。

“以前这里是大押，下面是档口上面是仓库，有什么事情一张纸夹在绳上面，‘嗖’一下就过去了，货就拉上拉下。”旁边一围台的老伯正同外地的朋友介绍这一奇景和大押运作的原理。

“其实你我年龄就差一岁。我们小的时候，商店都是这样的。顾客买完东西，售货员一张纸飞过收银台，收银接过单就计数，全部都是这样的。”文静接起了话茬。

说真的，我还从来没有见过。在我记忆中童年的商店就像如今东华东路上的老式百货店那样。印象最深的莫过于铺面中那一捆捆五彩缤纷的布。当顾客需要的时候，售货员将整匹布搬下来翻滚着。那才是我儿时记忆中的百货店。

坐下后，文静把服务员招呼过来点菜。

一下子的工夫，文静不由分说地就点了两只烧乳鸽、一条酸菜鱼、一盘酸菜炒大肠和一盘盐水菜心。

“最近，有没有写东西啊？”

“还没有想好，不过是想写点东西。”

“关于哪一方面的？”

“佛寺。”

“你写什么啊？”

“有一次报纸说，广州以前有很多庙，现在都消失了，我对这方面比较感兴趣。现在正在查资料，看看能不能找到比较了解情况的人。如果顺利的话，想出一本关于广州消失的寺庙的书。”

“进展得怎么样了？”

“资料查了一下，不过绝大部分的资料都很简单，也就是一两行字。”

“其实一个城市哪里需要那么多寺庙啊，都是骗钱的。完全没有当然不行，有一两家就可以了。”

……

我一直把这三件事情放在心里，因为想知道他们的这些想法和做法到底是怎么了？当我把这些故事告诉会贤师父时，他笑着说：“现在是末法时代。”然后笑而不语。

千年前的唐代，五祖弘忍就指出：世人只求福田，不求出离生死苦海。自性若迷，福何可救？

在末法时代里，信佛信什么？这是一个问题，不仅仅是一个问题。

功弓一簣

要想把书中的描写转换成精确的地址，从来就不是一件容易的事情。哪怕它曾经发表在报纸、杂志、专著，或者是上了电视，情况也并没有好多少。

“位于番禺区员岗与陈边村之间有座清幽秀丽的小山，叫雷峰山。山腰本有一座古庙，抗战时被拆平。如今山间木叶萧森，草蔓中偶尔可见残墙废础、断砖碎瓷，一片寂寥中，恍惚林间佛光掩映，折射出古寺历史的幽光……”这是中山大学中国古文献研究所仇江教授笔下的海云寺旧址景象。

前人画下的海云寺依山傍水实乃人间仙境。相传南汉年间有一天，洋商马罗年船舶行到扶胥（今员岗一带）江面，突然狂风大作，恶浪滔天，危在旦夕。马某祈求佛祖庇佑，如能渡过难关，他日定当酬谢神恩，兴建庙宇。果然瞬息之间，风平浪静，佛光普照，远望雷峰山上发出一道灵光光彩夺目。后来，马罗年就选定雷峰山上兴建寺庙。

千年过去，在卫星地图上看到的海云寺所在陈边村一带，河面已经被不断堆积的沙面侵蚀大半，绿色被白茫茫的水泥地面所取代。在仇江教授所描述的地域当中还有一些山头，但已经被分割了，面积也缩小了不少，唯一能提供帮助的是“金瓯”二字，因为“海云寺”是清朝时改的名字，他原来叫“金瓯寺”。

2013年1月，隆冬时节我来到烟尘滚滚的陈边村村口。不远处是新落成高大雄伟的广东省妇女儿童医院，周边道路仍在施工。走进村口，回望牌坊背面赫然写着“金瓯古道”四个金色大字，路牌上写着“金瓯东路”，海云寺应该近在眼前了。

“金瓯古道”牌坊

随着深入，不见山越来越成为我的困扰。沿着金瓯东路往前走，这里俨然成为工业区，四周全是高高低低的厂房，空气中弥漫着令人不愉快的味道。临近午饭时分，工人们三三两两面无表情地走在路上，路边便利店的桌球台上店主的七八岁的小儿子在自娱自乐，摩托搭客仔干脆就躺在座椅上睡起了午觉。

“怎么都是工厂啊？”我自言自语了起来。

恰好，一辆自行车从身旁掠过，车篮里装满了蔬菜。

我松了一口气，前面一定有住家。

水泥的路面一直延伸进去，路好走但无趣。离开工业区之后，路的两旁一边是荒废的菜地另一半则是堵塞的河涌。

转过了一个弯，面前忽然出现了一个村庄，村庄的背后隐隐看到还有一片山林。我不由加快了脚步，来到村口。这里立着一个牌坊，上联是“金瓯圣地传灵庙”，下联是“古道雷峰立海云”，横批“金瓯古道”。

紧挨着牌坊的是古色古香的观音堂，虽然并不是初一十五，主殿两旁的香火殿总共四条空心铁棍上都整整齐齐地排满了硕大的盘香。

主殿门上一对石刻对联已经被烟火熏旧了，檐下分别是《吕洞宾与蓝采和》、《欢天喜地》、《燕归来》三幅壁画，两幅颇为相似的灰塑分立两旁。

进入堂中，堂里没有灯，正午的阳光洒不进来，堂内昏暗幽静。入门时，土地公端坐其右。正中有一张供桌，桌后的神台上供着五位神仙，观音菩萨像最大居正中。阳光略洒在观音菩萨那略微熏黑的面庞上。身旁的四位神仙均神情严厉。每位神像前都插着一块木牌表明身份，但牌已熏黑字迹无法分辨。每个神像前均各有一个香炉，里面香灰都是满满的。

我取出自带香，从供桌上借用打火机上香。殿侧的两面墙上挂着木刻对联：“甘露频施滋润柔田扶社稷，慈航普度巡回沧海护黎民”。

其中有小字篆刻“一九八五年仲冬吉日观音堂重修志念”字样。

走出观音堂，在其正对面的放生池旁边有一座于2012年修建的“思亲亭”。亭旁的一堵墙上立着“捐资芳名碑记”。碑文有点斑驳但墙体却很新，可能是从原地切割下来重新贴上去的。

碑文记载：“观音庙开光典礼蒙各位华侨港澳同胞各界人士及本村村民大力捐资赞助故建碑留念。”碑上密密麻麻地记录了数百个人名以及他们捐助的币种和金额。名单中最前面的是一位叫陈镜仁的人，他捐资港币5000元。碑被贴成了左右两块，按金额的大小分别排列，除去筹委委员名单的字较大之外，捐资最多的人与捐资最少的人的字号都是同样大的。

放生池的面积并不大，大大小小五颜六色的鱼在残荷中游弋，大龟探出水面作漂浮状享受阳光。但眼前的景致停不下我寻找海云寺的脚步。

我离开了观音堂继续向村里走去，渐渐地路从平整水泥路变成起伏的石板路，路也越来越窄越来越斜了。越往里走就越有城中村的味道。狭窄的路面、密集的基建，虽然从狭窄的巷弄中已经可以看到后面的青山了，但我走了几条巷子都没有找到上山的道路。

我走到一户人家的趟栊前，门是开着的，里面放着辆摩托车。

“请问有人在吗？”

“咩事呀？（什么事啊？）”

一位看上去四十左右的精壮男子走了出来。

“请问后面的山从哪里上？”

“上山？你想做什么？”

“我想上山找海云寺。”

“你搞错了，不是在这里。你沿着刚才的路走出去，就在那家新起的医院的停车场后面。”

“谢谢！谢谢！”

观音堂全景

观音堂捐资芳名碑记

我匆匆往回赶，不一会就回到刚才陈边村牌坊下。牌坊的旁边有一棵老树，树下摆着一个不大的四围也插满香的关公像。在关公像的背后是另外的一条道路，道路绕着广东省妇女儿童医院的背后，不远就看到了停车场，也看到了路牌，这里叫金欧大道。停车场的后面有一个小山包。

“应该不会吧？这山这么小，而且也没有和附近的山连在一起。这山包还没有前面的大楼高，怎么能容纳海云寺呢？”我嘟哝着继续前行。

一路向前，走过几栋民房、菜地之后，就只剩下被十多个厂房工地侵蚀到支离破碎的山林了。路面坑坑洼洼的，手扶拖拉机、重型卡车穿梭而过，留下漫天遍野的灰尘和浓浓的黑烟。“人肉吸尘机”持续行进中。拐过一个大弯，前方传来“嗤嗤”的锯木声，还闻到了刺鼻的木屑味道。木材加工厂就在路旁，深深地凹陷在山里。厂区里横七竖八地堆放着各种原木和加工后的木材，厂房只有一层但并不矮而且很深，电锯依然在厂房里轰隆，只是看不到半个人影。厂区中间是一条蜿蜒的小路直通山上，路的另一旁是库房，旁边堆放好几个汽油桶，满地都是油污。

“汪！汪！汪！”库房门前一只被铁链拴起来的狗站立起来，冲着我开始吠叫，尾巴直立不停地摇摆。

“你是干什么的？”

刚才光顾着盯着狗，没在意厂房里已经走出了一个人。他二十多岁，精赤上身，浑身沾满木屑。

“我是来找海云寺的，一直在找上山的路，不知道这里能不能上山？”

雷峰山下的饲养场

“海云寺？我从来没有听说过。这里肯定没有，我天天都上山，没见过有什么寺庙。”

“不好意思，打扰了！那我再找找看。”

我继续往前走，卫星地图上的那一抹绿色已经被工地所取代。一路往前直到看见河流。河对岸大学城中的贝壳型的世博广东馆和另一个岛屿上仍在兴建的星河湾海怡半岛映入眼帘。我的脚下是一块堆放沙子的地方。大铲车在不停地往重型卡车上装载沙子，一辆接着一辆。河中还停留着一艘空空如也的沙船。对岸的大学城和楼盘看上去触手可及，千年过去已经不再是当年的宽阔浩瀚场面了。

随身携带的水并没有喝上几口，全部都用来清洁了。让自己舒服一点后我原路返回。

快回到停车场的时候，看见一位年轻妈妈正抱着婴儿在屋外晒太阳。看见我走来，她退回房间，正要关上门。

我赶紧走上去问：“不好意思，打扰一下！我是过来找海云寺的，金瓯古道也去了，刚才也往山里面走，就是不知道在哪里。请问您知道在哪里吗？”

她把婴儿放好打开铁门走了出来，微笑着指着停车场后门的那个山包。“边度使去咁远啊，就喺上面。（哪里要去那么远啊，就在上面。）”

“就在上面？”我半信半疑。

“是啊！就是在上面，那山又叫雷峰山，几年前电视台还来拍过片子。这在当年也算一件盛事，我们还跟着一起上去看呢。”

“现在还能上去吗？”

“应该可以，但要从医院入，不过已经没路了，比较难上。”

“谢谢，谢谢！”

原来海云寺就近在眼前。

停车场封闭了，只能绕道黄天灰地的大马路进入医院的正门。这间医院刚刚开张，暂时还没有出现那些大医院的人头涌涌的场景。主楼前有一个牌子上画着简要地图：门诊大楼、住院部、停车场、山顶公园……

恰好走来一位保安，我上前请教：“请问，山顶是不是有一个庙宇的遗址？”

“好像听说过有，但是我没有见过，也没上去过。”

“能上去吗？”

“现在有点难，目前路还没有修好。”

“怎么走呢？”

“从那边直行转弯，到住院部再转弯就到停车场了，那里可以上山，不过没有路，要小心。”

“谢谢！”

过了转角，可以明显地看到山边和水泥地面形成了将近一米的高差。山边黄泥裸露，紧连着人工草地。很明显雷峰山已经被削去了一些边边角角。

快到住院部时，一对年轻的夫妇正抱着孩子喜笑颜开地走出医院。再走远一点，消毒房传来阵阵消毒药水的味道提醒着我这里是医院。

很快，转个弯就到达停车场了。这里稀稀疏疏地停着十来辆车。在停车场与雷峰山的交界位置堆满了黄土，显然施工尚未完成。我摸索着爬上将近一米高的土堆准备上山。上了坡才发现，山边被挖出一道鸿沟。鸿沟足有两米多宽包围了

雷峰山山顶平地

整座山。整条沟只有一块半米宽的木板桥连接两边，从土堆到木桥中间又是坑坑洼洼的。土堆并不紧实，踩上去深一脚浅一脚的，不一会我的裤腿也沾上了不少泥土。

过了桥，眼前全是山林，坡大约30度左右而且长满了草。试着踩了踩，硬硬的，找到上山的路了！尽管这根本就称不上路，只有半个脚掌大的台阶，难以借力。

正要开始上山，忽然看见树下的山坡底部有好几间低矮的红砖房。它们紧紧靠在一起。最靠近停车场的那间前面还有一个巨大的铁笼子，里面有两只色彩极其鲜艳的动物在走来走去。架不住好奇心，我蹒跚着靠近房子。

“请问有人在吗？”

一连三声都没有人回应。铁笼和房子是互通的，那两只动物已经回到房屋里去了。铁笼里放着一个喂食器、一个铁盘，还有一些应该刚摘下没多久的树叶。

没过多长时间，这两只动物一步一步神定气闲地又走了出来。天啊！竟然是孔雀。笼子虽然不大，但两只孔雀精气神十足高傲地耸起蓝色的脖子和冠，还有长而美丽的羽毛，自始至终对疯狂拍照的我视若无睹，继续优雅散步。后面的红砖房不到一米高，鸡是这里的住客。

确认没有人后，我回过头来重新上山。跑步鞋在这样湿滑狭窄的石阶上艰难爬行，为安全起见我只好手脚并用借力于茂密的树枝。幸好山包并不高，虽然爬的过程十分困难，但也到达山腰的一块开阔地。

这里树林遮天蔽日，只能从枝叶的缝隙中窥见近在咫尺的医院大楼。虽然依稀可以看见主路上的人流，但虫鸣鸟叫不断在耳边回绕将我隔绝了起来。凹凸不平的地上积满了厚厚的落叶，有些已经腐烂了，脚踩下去很湿很滑，只能试探着一步步走。山上的树木残枝也是横七竖八的，有些甚至藏身于落叶中，成为看不见的绊马索。

走了十来步，我感觉脚踢到了什么，低头一看，在一地黄叶中有一块青砖碎块，不对，不只一块，一、二……附近共有六块碎青砖。

虽然青砖并不起眼，但让我对找到海云寺更有信心。因为资料显示：海云寺的建筑结构和布局，都异于广州的一般寺院，院宇纵深较浅，而横跨很宽。寺院无山门，进寺须由左侧石阶拾级而登，进门右转乃为大雄宝殿。1940年番禺沦陷时，一群村霸胁迫住持交出田契后，将其杀害，强令僧人解散，并拆毁寺宇，部分材料被“市桥皇帝”李辅群拿去建“群园”。后来，村民将寺庙的石头、砖瓦拿去建了水闸、猪圈和鸡舍。如果刚才那位年轻妈妈所说无误的话，刚才埋在黄土当中若隐若现的台阶和这散落一地的碎青砖应该便是当年的痕迹。

随处可见的碎青砖

坑洼湿滑使得路线的选择越来越难。一棵大树拦住去路，往高爬不动，底下有一个不是很深的坑，坑中还有几块碎青砖。我想试图滑下去，脚上感觉落叶层比刚才还要厚，夹杂的枯枝戳着鞋底。“沙”

地一声，我滑到坑底，完全就是失去重心滑到哪里算哪里了。心中不禁阵阵发寒。

我掏出手机看了看时间，已经将近一点半了。肚子饿并不是最让人担心的事情，在这山冈上手机已经完全没有信号了连GPS也无法定位，这让孤军深入的我，不得不细细思量是否还要继续前进。

四周落叶中不断传来沙沙声，会是蛇吗？手心已经全部是汗。

杂草丛生的山顶

坑边的土壁同样的湿滑，手指抠住大树的粗根借力。跑步鞋艰难地和微弱的摩擦力作斗争。一下、两下、试了多次之后，我终于离开这个不到半米深的土坑。一声叹息后，我放弃前行。

上山容易下山难，陡立的斜坡、打滑的石阶，五爪金龙般的树枝让我吃了不少苦头，衣服也被撕了几个口子。

在疲惫中，我结束了这次行程。

后来资料显示，我距离海云寺著名的冬泉大概就是一百米，真是功亏一篑。

2014年8月，动笔之前我再次前往雷峰山试图确认海云寺的遗址。停车场已经完工，靠山的地方已经种上密密麻麻的树，原来上山的“路”已经封死了。绕行其后，养鸡房依旧在。鸡群在“宿舍”旁的挂满果实的龙眼林下踱步啄食。上山已经成为一项不可能的任务。或许我再也没有机会上山确认海云寺的遗址了，失落之情油然而生。

这几年海云寺重建的消息时不时见诸报端，曾经说在余荫山房的预留用地异地重建，如今报道要原址重建。

微风轻拂，我默默祈祷：愿海云寺早日佛光再现！

当头棒喝

应该如何看待新建的佛教寺庙，这是一个问题，尤其是对于我这样不懂佛法的人更是。

特别当我站在德政中路丽水坊无着庵山门前，看着这些钢筋水泥的建筑物，一时不知道应该以什么样的心态去看待她。毕竟大人常常说拜佛要到老的寺庙。

在中山图书馆斜对面的德政中路，这里车辆穿梭而过，高大的树林遮挡了阳光也留住了废气，显得十分压抑，与文明路的敞亮有着天渊之别。另外这里不像文明路上的糖水一条街那样的兴旺，基本上都是一些低矮的老房子和寥寥无几的行人。街巷狭小密密麻麻，走着走着忽然出现一片开阔地，整条阴暗的路面独独亮了这一块，抬头望去一道高耸的围墙出现在面前，远方一栋四五层的建筑物上还有绿色琉璃瓦，甚是明亮，随风还飘来香火的气味。再往前走几步就已经看到丽水坊路口那繁体的“无着庵”三个大字。

丽水坊是一条与德政中路相垂直的小街巷。路口几位老太太席地而坐摆卖蔬菜，使得仅能一人通过的街道更为狭窄。准备午餐的人们在巷口挤成一团。老太太蜷缩着斜靠在斑驳的墙上，当有人蹲下挑菜的时候，干瘪皱褶的眼睛猛地散发出光芒。

好不容易侧身钻过人群穿过铁门，沿着院墙继续前进。离巷口不远处有一个楼梯，楼梯的尽头有一个看似入口的地方，但铁闸紧闭。这看起来不像是山门啊，我喃喃自语绕着院墙沿着横街窄巷走着。庵基本呈一个方形，方方正正。都

德政中路丽水坊巷口的无着庵路标

快回到德政中路，我也没有看到无着庵有其他的门。这里的环境比丽水坊更糟糕，附近都是一些卖装修材料的小铺面。墙面上贴满了各色各样的材料样品，时不时有三轮车穿过。路口的垃圾房更是让人紧闭呼吸。

拜访无着庵是因为她与海云寺的渊源。无着庵是海云寺的开山鼻祖天然和尚之妹来机大师通过十年筹款，在1667年以57岁高龄建庵，历时十一年终于1678年落成。原名“无着地”。当时天然和尚的母亲、俗妻（入佛前妻子）都在无着庵出家。前来无着庵就是为了寻访海云寺的故事，这是我此行的唯一目的。

但看到崭新的建筑，我的心里却开始忐忑起来，不禁又问了自己一句：“要进去吗？”

无着庵的经历十分坎坷。1924年，市政厅拍卖全市寺庵，无着庵亦在拍卖之列。筹集经费是原因之一，还有部分原因是无着庵与药师庵等庵堂被攻击为不洁之地。幸得八房子孙竭尽全力、东借西凑，合筹大洋5000元赎回大殿、观音阁、祖堂、放生塘等，无着庵其余殿堂则从此淹没。庵址缩小一半，在风雨飘摇之中勉强维持。

资料显示：“建国初，部分殿堂房舍租给市民政工厂作厂房，其时尚有尼众15名。‘文化大革命’期间，庵内佛像、经书、法器悉数被毁，尼众被遣散，殿堂房舍由市民政工厂、东山区弹簧厂、东山区房管局和市房管局扩大使用或占用。历经了三百年风雨的无着庵就此僧去楼空，面目全非。广州市政府于1986年将该庵归还给佛教界管理。广州市佛教协会几经讨论，决定礼请宽敬老法师从扬州来羊城主持寺务，筹备维修和重建工作。随同宽敬法师来穗的还有12位年轻的比丘尼，她们在老法师的带领下，精诚团结，勤奋办道，自力更生、自己动手，在一片断垣残壁上重建道场。”

或许在经历过这么多的磨难后，来机大师的法统和脉络已经断了。但转念一想，这又是一个非常荒谬的想法，就像石头希迁斥责天皇道悟那样：“谁是我们的后人？”

楼梯里传来用广东话说法的声音。它的尽头是一个铁栅栏。栅栏后面是一个有绿瓦遮头的飘台。飘台没有灯什么都看不到，背后则是一间灯火通明的殿堂。

“叮咚！叮咚！”我遵照栅栏旁边的指示按响了门铃。

急促的铃声过后，一切又恢复原样。

过了一段时间，我又按了两次门铃。一位驼着背、满口白话的大约六十来岁的老婆婆走了过来。她随手把喇叭关了，轻轻地问：“请问有咩事呀？（请问有什么事吗？）”

我合十行礼说：“我想入嚟拜佛。（我想进来拜佛。）”

“好啊，等一阵啊。（好的，等一等啊。）”

老人家从裤袋里掏出了大串的钥匙，颤抖着插入锁孔，用力一拉，哗的一声铁栅栏被拉开了。

进了飘台才看到，原来这里的另一边也有一道铁栅栏。面积并不大，大概五个平方左右。靠街的一边放着一张香火台，在对角放着一个杂物柜和一张椅子，余下就是过道了。过道短窄，与殿堂紧紧连接在一起。殿门上方挂着块牌子，虽然殿里的灯光照不到牌匾，但用力看还是能看到“天王殿”三个字。

通常天王殿里都是供奉着弥勒菩萨、东南西北四大天王以及韦驮菩萨。殿里灯火通明，我站在飘台就能看到殿内的情形。这里供奉的佛像和平时常见的并不一样。光孝、海幢所供奉的弥勒菩萨都是大肚能容天下事、笑口常开的布袋和尚造型，而这里的神像则面目清秀、婀娜多姿、微笑迎人。如果不是旁边的牌位上写着弥勒菩萨字样，我还真是认不出来。

无着庵侧门

"先烧香，里面冇得烧㗎喇。（先烧香吧，里面不能烧了）。"

老婆婆收了香钱之后慢慢转过身去，轻轻拉开杂物柜的抽屉取出小塔香。

黄色的塔香还没有打开的时候，乍一看有点像盘式蚊香。老婆婆一手提着塔香中间的红线，另一只托着盘香往下沉，手指轻快地、恭恭敬敬地拨开塔香粘连的地方，不一会圆锥形的塔香就出现在眼前。婆婆指了指靠近入口处的香灯说："就喺呢度点香啦，里面都唔可以点啦。（就在这里点香吧，里面都不可以点了。）"

香灯被放在一个很小的铁皮盒子里，我拿着塔香要斜斜地透过不大的口子伸进去点香。盒子里空间小，角度窄，既要迁就塔香的弧度，又怕太大力会把塔香掰断，我只好来回调整了几次位置，还好塔香比较容易点燃。

位子太小了，拿出来的时候不小心点了一下香油。这下塔香的火一下子就旺了起来。我手忙脚乱地从铁皮盒子中缩回来，轻轻地吹了一口气，还不行。正当我准备补第二口的时候，老婆婆连忙挥手制止："唔好用嘴吹（不要用嘴吹），要用手扇。"

香点好了，我提在手里不知道放到哪里。婆婆不慌不忙地拿出一个铁钩，上面还有上下两个钩位。她将我的塔香挂好，然后搬来一张小板凳，略微有点费劲地站了上去，用叉子将铁钩钩在香火台上方的铁线上。挂好后，阳光透过栅栏，飘台里轻烟渺渺。

上了香，我进入天王殿内。这里的空间并不大，仅能两人通行。佛像不像光孝、海幢等丛林那样宏伟，大小合适、距离很近、精致细腻、干净整洁，倒是多了些亲近感。

当转到弥勒菩萨背后的时候，我看到天王殿的后面有一道门，里面还有个院子，以及大门紧闭的大雄宝殿。

“婆婆，请问可唔可以入去拜佛吖？（婆婆，请问可不可以进去拜佛啊？）”

“可以，不过大殿唔系每日都开嘅，得初一十五先开。（可以，不过大殿不是每日都开的，只有初一十五才开。）不过，入面仲有一个观音殿系开嘅，你可以入去拜。（不过，里面还有一个观音殿是开的，你可以进去拜。）呢度嘅，我哋叫师父。（这里的，我们叫师父。）你哋入去可以，不过唔好打搅师父们。（你们进去可以，不过不要打扰师父们。）师父过咗中午就唔食饭嘿喇，对佢哋嚟讲系好紧要嘅，你就唔好打搅喇。（师父过了中午就不吃饭的了，对她们来说是很重要的，你就不要打扰了。）”

我连声应是，谢过婆婆后进入正院，终于见到无着庵的全貌了。中间是大殿，两边都是四层高的大楼，靠德政中路的是僧舍，而与之相对的是学生楼，正院中还有放生池，尤其是两棵参天大树引人瞩目。

建筑都是新的，虽然采用了传统寺庙的一些风格，但是一望而知是钢筋水泥的现代建筑。

这里真静啊！文明路上人潮涌动，德政中路车来车往，无着庵与其相距不过数十米，竟然完全听不到。比丘尼、沙尼从面前走过，微笑不语。

这里真净啊！虽然四周的环境并不理想，但天王殿中光亮如镜，沙尼手持笤帚清扫亭院发出的“沙沙”声声声入耳。

无着庵山墙一角

神秀上座偈云："身是菩提树，心如明镜台。时时勤拂拭，勿使惹尘埃。"

五祖云："但留此偈，与人诵持。依此偈修，免堕恶道。依此偈修，有大利益。"

我在天王殿后的长椅上坐下，面前是棵参天的菩提树。树上挂着一个吊牌，我凑上前只见上书："菩提树，宽敬法师于1994年亲手种植。"

我抱了一下树，双手已经无法合拢。两株树都比僧楼要高出很多，枝繁叶茂。半个院子和我现在都在树荫下。冬日暖阳，我静静地等待着，享受这闹市中难得的宁静。

时光慢慢地流逝着，不知坐了多久，一位沙尼走了过来，向我行礼："请问施主是否需用斋饭？"

我不知道哪根筋搭错了，贸贸然来了一句："请问要多少钱啊？"

沙尼笑了，不紧不慢举起手指了指天王殿旁的功德箱说："随意放点香火钱就可以了。"

"谢谢！我已经吃过了。"

沙尼笑容满面地离开了，在放生池旁开始打理鲜花。

迷糊中又过了许久，开始有人声了。睁眼望去，只见陆续有人从斋堂里走了出来。从衣着上看，应该都是香客。一位妈妈带着小男孩走了出来，小男孩突然把手上的球扔到地下，然后笑着追着球跑。正院的地面由麻石铺成，自然不如水泥地面平整。小男孩跑着跑着脚下拌蒜，就摔在我面前的空地上。刚才还在打理鲜花的沙尼，轻轻地扶起他，手上拿着球逗他。小男孩还没有哭出来的面庞又笑开了花。着急的母亲赶了过来，搭着他的肩膀。小男孩如条件反射一样，深深鞠了一躬："阿弥陀佛。"大伙都乐了。

温暖的阳光下，我在庵中踱行。绕过大雄宝殿，走过回廊，我来到观音殿。除了供奉的佛像造型与众不同精美细腻之外，依然是"净静"二字最动人心。虽是常事，但维持不易。

走出观音殿时，看到从对面斋堂走出两位比丘尼。

我赶了过去，但慢了半步。比丘尼们已经上了僧舍。我回到斋堂门口，门旁满满地放了一桌香灯。一位小沙尼走了过来，拿起油瓶开始添香油。

我在她身旁静候。她一直低着头，加完了扭紧瓶盖，拿起扫帚准备扫地。忽然看见了我，稍微愣了一下，"请问有什么事吗？"

"师父，您好！我想写一本关于广州已经消失的寺庙的书。我刚刚去寻找了海云寺遗址，但是没有找到。海云寺和无着庵有很深的渊源，我想拜访一下方丈，请她赐教。"

"可是方丈还在用餐，您先等一下吧，我去通报一声。"

"谢谢，谢谢！"

突然觉得，寻找海云寺之行并不是完全一无所获，至少是一块敲门砖。

小沙尼离开了，我这时才发现香灯的背后是一组宣传墙报，上面贴满了关于无着庵的介绍。

介绍分为前言、旧貌、修复、新颜、住持、关怀、交往、法务、展望等部分，满满地占据了两大面墙。

照片中修建前的无着庵破旧不堪，慈眉善目的宽敬老法师的身影无处不在。她带领着大伙搬瓦砾、清理现场。鼠患、虫害、炎热、水浸……一切都阻挡不了她们的热诚。这一幕幕都清晰地记印了下来。

最震撼我心的是，宽敬老法师将平日募集的善款全部用于放生，墙上有多张老法师参与放生的情景，尤其是老法师倚在船舷、手提水桶、满脸灿烂那张让人

无着庵山门

心生敬意。我急切地想和老法师见上一面。

我掏出相机试图翻拍这张照片，一位戴着眼镜文静的比丘尼快步赶来，摆着手细声禁止。

我很抱屈，我是想将此事宣扬。

可就真的有宣扬的必要吗？

小沙尼已经走开一段时间了，还没回来。我回到天王殿后的椅子坐下，紧张、着急、焦虑，五味杂陈。

又坐了一会，小沙尼引领一位比丘尼往天王殿的方向走了过来。我赶紧迎前，行礼后大家在僧舍前的菩提树下聊了起来。

比丘尼身着僧衣，神情严肃，不苟言笑，厚厚的眼镜片仍然挡不住其威严的目光。

“师父，您好！我想写一本关于广州已经消失了的庙宇的书。前几天我去找海云寺的遗址，我找到了山头也上了山，但是只找到几块碎青砖，没有找到遗址。后来我查资料得知海云寺和无着庵的关系非常密切，当时天然和尚的妹妹、母亲、妻子（入佛前妻子）均在无着庵出家……”

“要写佛教的书，像你这样是不行的！”比丘尼打断了我的话。我愣住了，抬头见她眉头紧皱，一时不知错在哪里，呆呆地站着。

“你要记住，要写关于佛教的书，一定要专研佛法，急不得。书是流传给子孙万代的。你不懂佛法，随便东问一点西问一点，就拿一些东西出来大肆渲染，还要出成书！看上去好像是写得很好，其实都是误导后人。书不是随随便便就能写的。”

总算明白什么叫做当头棒喝，我被骂得一愣一愣的。只好默不作声继续聆听师父的训斥。

“你要写书，一定要花多一点时间学习佛法，才不会害人害己。你的来意我明白了。我上楼请示一下方丈，你稍等片刻。”

她每一个字都像出膛的子弹，快、有力、不容置疑。她说完转身上了学生楼。这时，比丘尼们基本上都已经用完餐，陆陆续续地从斋堂走向学生楼。她们的年龄看上去并不大，四目交接时大多点头示意或是报以微笑。

转眼的工夫，刚才那位比丘尼又来到我的面前。这次，她的声调缓和了许多：“我已经转告方丈了，方丈说她最近身体欠佳，不方便见客。如果你想了解更多关于海云寺的事情，可以前往大佛寺。大佛寺的住持知识渊博，或许能给你一些讯息。”

说完，比丘尼就一直将我送出山门，并详细告知我如何从无着庵去大佛寺，确认我知晓后再行礼告别。道别的时候，她还再三叮嘱我一定要学佛法，不能歪曲佛法。

2013年末，朋友的家人病重，问我去哪里的寺庙进香祈福好。当然，我首推光孝寺、六榕寺、海幢寺等大丛林。但朋友提出想到一些小的比较清静的寺庙，因为老家说这样的地方才灵验。

“那就去无着庵吧！”我不假思索地就脱口而出了。

朋友不知道无着庵在哪里，我陪她前往。

已经是下午五点了，这次开门的换了位婆婆。她说：“下次不要这么晚来，师父五点就做晚课了。”幸好还是赶上了，进了山门，上了香，从天王殿走入正院。这天刚好是农历十五，大雄宝殿开了。可是气氛不对，大殿前的栏杆上挂着白绫。

和朋友一起在大雄宝殿拜佛后，又到了观音殿。观音殿旁边的一间偏殿里面房门大开，中间挂着一张照片，下面还放着许多蒲团，点着烛光。我估计可能是什么人做法事，不敢打扰。这会在观音殿前的小广场上，几位比丘尼开始不停转圈并诵佛经。再回头偏殿正中摆放的竟然是宽敬老法师的照片。没想到，机缘错失，无法当面聆听教诲。本人福浅与老法师缘悭一面，常引以为憾！

寻迹景泰

2014年的春季，因缘际会之下我到访了位于韶关市乳源县的云门寺。还记得第二天清晨，我在云门寺的牌坊广场散步。几百平方米的广场只有一位僧人打扫。他把落叶扫成一堆用垃圾铲装满，一甩手将树叶哗哗地倒在广场之外。

……

我走到他倾倒落叶的地方往下看。云门寺依山而建，自从进入山门逐步上升。牌坊广场与下面的菜地有好几米的高差。倾倒之处，下方有一个水泥做的井池，旁边落叶撒落一地。正纳闷，同行的朋友提着个满满当当的塑料袋走了过来。

“来，给你。这些都是师父们亲自种的。你看你早上起不来，我们四点多就起来跟着师父做早课。吃完早餐师父就带着我们到地里摘菜。这里的稻子蔬菜全部都是师父们种的。你看你错失机会了吧！”

她边说边从袋子里掏出几个干瘦细小、奇形怪状的胡萝卜出来。胡萝卜还没有到我的面前，味道就已经扑鼻而来了。

“怎么样？新鲜吧！我告诉你，这些都是师父自己种的。什么化肥农药都不用的，肥料都是自己做的。不然你以为会有这么好的胡萝卜啊！”朋友兴奋地大声叫着。我看了看那堆树叶和水泥池子，大概明白了，可耳膜开始隐隐作痛。

朋友递过来的胡萝卜确实很好，好到可以解开一个困扰我自己很久的问题。为什么小的时候我坚决不吃胡萝卜，大了反而吃呢。此前以为是长大了可以接受了，但我闻到了这美妙的味道才知道原来还是会吃不下的。

站在广场旁边那低矮的墙边，我俯瞰几米之下那一大片郁郁葱葱的农田。几位师父辛苦劳作的情景让我想起百丈怀海禅师的教导：“一日不作，一日不食。”

与百丈同时代的唐武宗一口气就灭掉4万多间寺庙，起因之一是僧人并不劳作依靠信众的供养为生。随着佛教的兴盛，宏伟的寺庙、众多的僧人，矛盾越来越激烈最终不可收拾。百丈怀海禅师提出的《百丈清规》中最重要的一点是要求僧人改变过往的生活方式，寺庙上上下下每日都要劳作，实现自食其力。

在百丈的努力下，遭受沉重打击的禅宗挺了过去再次发展起来。由于对寺庙的经济来源非常好奇，我查阅了一些清末民初的笔记史料。当时寺庙的生存状态跟现在是不一样的。那时广州城内的大小寺庙都有一定的寺田：大佛寺有寺田110亩（1亩≈0.067公顷）；光孝寺在明代田地最多时达5000亩，后来有所减少但在乾隆时期仍有600亩……

光绪、宣统、民国，各式各样的运动一波接一波。在百日维新的庙产兴学运动中，六榕寺一下子就捐出位置偏远的田产240亩以及一大笔钱款，朝廷还特令嘉奖。光孝寺被民国广州政府在1923年划出三块地分别兴建“市立第七高小”、“第五国民学校”以及“第一女子高小”；六榕寺则划出一块地兴建“市立第七国民学校”，还承担了广东省立民众教育馆的用地。西禅寺变成如今广州市第四中学的前身广州模范学堂。

云门寺寺田

华林寺、大佛寺、无着庵全赖信众倾尽全力才在寺产拍卖中幸存下来，但已经

能仁古寺“佛境”牌坊

元气大伤。飞来庙、浮丘寺、药师庵等更多的寺庙不是化身为警署就是马路或者被禁改作他用。

风波历尽，各丛林盛况不再。虽然佛教在20世纪30年代在太虚大和尚、虚云老和尚等高僧的不懈努力下有过短暂复苏。但抗日战争爆发后情况急转直下，日机轰炸之下，白云山上的寺庙尽毁，龙洞千年的石门古寺也被炸毁，更不用说市内被摧毁的寺庙了。或许正是这一连串的打击造成广州现存各大丛林地域狭小的主要原因。

如今，我站在白云山半山腰上的能仁寺山门前。广州市政府在1993年投入巨资，按旧制重建能仁寺，使得这座毁于日军之手的寺庙重获新生。她同时也是白云山唯一重建的寺庙，使得白云山再现禅院钟声。

我很喜欢这里，不单单是因为能仁寺身处白云山风景区环境优美，更因为她是按照旧制重建的，带着古味。

步入“佛境”牌坊后就进入能仁寺了。牌坊下巨石上的“即心是佛”在直指人心的同时，也彰显了她是一间禅寺的身份。穿过刘永福“虎”字摩崖石刻，走在“流云飘月”桥上，绕过放生池，我坐在涤尘旁边的“倚佛亭”。这里背山靠水、丛林环抱。茂密的树丛不但遮住了上山的主路，还隔绝了外部的喧嚣。我坐在亭中无比清幽。放生池旁站着的几位游客正在观鱼养性，悠然自得。能够在“涤尘”之下洗净心灵、卸下负担、轻松上路礼佛拜佛实在是一件

"即心是佛"石刻

乐事。或许那浓浓的禅境意味正是能仁寺和广州其他历尽风波后的佛寺最大不同之处。

从"涤尘"石下再登阶梯，过"能仁古寺"牌坊后石梯转了个弯，恰好有香客下山，我侧身而过。回望瞬间禅境尽收眼底，牌坊背后的"同登彼岸"让人心中一动。"此岸者生死也，彼岸者涅槃也，中流者结使也。"一句"同登彼岸"提醒人们信仰佛教的意义所在。

恰巧，一只白鸽飞落桥头踱步慢行，咕咕两声回荡四周，谁又能想到仅仅数十米之隔便是繁华闹市。继续上行，梯口有一大片被围起来的佛肚竹，竹节圆凸就像啤酒肚一般，郁郁葱葱，竹肚上刻满字，有"祈福"也有"到此一游"。再往前就是大殿了，弥勒佛祖大肚能容笑口常开，门前的香案上摆放着香火供香客自取。这正好满足了那些误打误撞进入山门又或者是临时起意的香客们的需求。殿前立柱上贴有拜佛须知。上面写着拜佛应遵循先上香后拜佛的原则，一次以三支香为宜……写得言简意赅清楚明了。

我从桌上拾起三支香，投入香油钱，点上香拜了三拜，再将香插到香炉里。抬头一看，殿前牌匾是苏曼殊题写的"金刚法界"。与一般的佛寺类似，弥勒佛的身旁立着四大天王，背后是庄严的韦驮护法。穿过大殿继续上行，来到大雄宝殿，旁边则是地藏殿和六祖殿。殿里供奉着如来和十八罗汉。许多佛寺在佛祖背后供奉着观音菩萨。能仁寺由于场地有限，观音菩萨没有造像而是用一张佛画替代。大殿后门旁边的桌子上放着各种佛学的经典、杂志、讲义、音像、影像资料等随人取用，只需随缘投一些香火钱就好了。登慈云殿时已经殿门紧闭，只好隔着门作揖鞠躬。殿旁有一块空地，一张石桌几个石凳。空地的尽头有一条山路，据说可以通往山顶公园，可天色已晚情况不明不敢贸然尝试。下来的时候工作人员正替地藏殿和六祖殿关门，我抓紧时间赶上前去。在工作人员紧闭六祖殿殿门的那一刹，我向六祖行礼完毕。

就在能仁寺山门牌坊左侧写有六祖慧能名句的墙壁旁有一条阶梯路直入山中。入口处还立着一块刻着“景泰寺遗址”的路标。深冬时节，下午五点的太阳已经西斜，我加快了脚步。因为我知道去往景泰寺的大部分路上都没有路灯。这次已经是第五次去景泰寺了，她是我找到的第一个白云山上的寺庙遗址。

最初的 段阶梯与山路均由水泥铺成。那是一段在山林中开辟仅能容两人错肩而过的小路。这段路上还算人较多，在阶梯的转角还有缆车从头上掠过。走到与上山阶梯交汇的地方要多观察一下，因为这里岔路很多而景泰寺遗址的路牌被梯阶挡住了。顺着路牌往前走，脚下已经变成了土路。随着深入四周的地形变成一边是山一边是谷，脚下只有大概一米宽的路。除了极其个别的地方有零星的铁围栏外，这个目测坡度超过六十度的陡坡完全没有任何安全防范措施。道路随着山势蜿蜒起伏几乎没有直路。路的两边大树遮天蔽日，尽管当天山外的空气质量是重度污染，但这里的空气却是相对的好，

“涤尘”石刻

"同登彼岸"牌坊

就算是百来米之隔的登山主路也无法与之相比。

有个问题既是优点也是缺点，那就是在视野范围之内难觅游人。幸好够幽静，越来越近却不知道从哪个方向飘来的便携音响发出的热火朝天的歌声让我知道这条路上还是有游人经过的。路很长，特别当很长的一段时间都看不到路牌的情况下，会很容易让人犯迷糊。我有两次就是在怀疑自己到底是不是走错了而无功而返。走着走着，靠近山谷的一边突然明亮了起来，植物就在这十来米长的地方忽然稀疏了。无论是脚下的景泰坑还是远处的城市高楼都一览无余。夕阳正面对着我，金光洒在黄土路上。同样是夕照，同样是进寺的土路，这不就是当年元代羊城八景中的景泰僧归吗?

除了大的土路，还有很多条直下山谷的仅有半人宽的小路。小路很快就在茂密的树木当中消失了。前面有三四个人就这样直直地下了山，当我走到他们下山的位置时，他们已经消失在树丛当中。我这时才看到在他们下山的地方立着一块石碑："此处危险，严禁下山！"

继续前行，终于看到路标了。大路在这里分成一上一下两条，去往景泰寺遗址是上坡的那条。这里的树林更为茂密，才走出百十来米，就已经完全看不见刚才下行的那条路了。

关于景泰寺有着许多的传说。记得当找到景泰寺遗址的那天，兴奋的我继续上山寻找其他寺庙的遗迹。结果在广州碑林，找到了一块刻有《景泰禅师传》的石碑。碑文的作者是能仁寺的前身玉虹涧诗社和捐资在海珠石上重建慈度寺的宋朝探花李昂英。“景泰禅师头陀僧也。不知何许人……”将人带入一个神话传说当中。

历史的故事常常按一个规律流传了下来，一个美好的开始，一个悲壮的结尾，一个空荡荡的中段。

梁朝时，景泰禅师从罗浮山被请到白云山，起初山上无水，禅师锡杖一点便得卓锡泉。禅师布道时常有老虎野兽安坐四周。人们为了纪念景泰禅师，特意将此地山谷称为景泰坑……

清初，两王入粤久攻不下。两王在白云山择地铸铁炮，见景泰坑泉流丰沛，林木众多，再加上地形隐蔽利于铸炮，两王命人砍伐森林炼铁，掘取泉水。景泰坑林木尽伐，山泉枯竭。广州城破，庚寅之劫。从此景泰不再有僧归。

“白云区登记保护文物单位——上景泰寺遗址”标志牌

而从梁到清上千年的历史长河中，除了几次易名外，没有什么资料。

沿着上坡路继续往前走，刚才的路上偶尔还能见到人听到声，而在这里，蟋蟀、鸟儿才是主角。趁着还略微有点余晖，我继续赶路。走着走着，就在路的右手边立着一块石碑。碑体上半部分的字还有红漆，下半部分的字已经脱漆了，辨认起来有难度。

光绪年间所立的关于保护寺庙的石碑

“钦加同知衔调署番禺县事遂溪县正堂加十级记录十次□□严禁事。照得佛地固须庄严，胜境岂容□□，□□上景泰寺崇奉南海大士，本羊城八景之一，载在志乘。其前后左右各山松株□木，均係

［系］□□点缀名山，用土栽植，为文人学士□赏□息之□。乃附近无知强徒□□，□□砍伐摘取。寺众呵禁，一味蛮横。实属欺凌扰害，可恶已极，应即严加□□。□□示。仰该处土客男妇、诸色人等知□：示后尔等如敢仍前戕□松株，□□□□是则□大玩法，不知自爱，□寺众立刻投保，扭送赴□，以凭加倍□□，□□枷号，以示□□。如係［系］妇女，□□夫男究治。本□係［系］为□□名胜起见，言无□□，令出□行，况毁坏净域，亦咎有应得，决不能轻饶□恕也，其各凛遵毋违。特示。光绪十二年三月十三日示。”

这段文字证明至少在当时景泰寺还是存在的。

那是风云变幻的年代。光绪十二年（1886年），第一辆汽车诞生、芝加哥工人大罢工、自由女神像揭幕、可口可乐被发明……

八年后，甲午战败。十二年后，维新激进。传统一夜之间似乎就毫无是处。“自清季以来，佛教即入多事之秋。三十年来，常有僧寺能不能存在之问题发生。一波未平，一波又起，僧寺时感无限之恐慌。”太虚大师在民国成立多年仍感慨万千。

远远就看到那一大片倒下的黄黄的竹林，就架在路对面的树上。这就是路标，过了这段“凉棚”在尽头的转弯处就是景泰寺的遗址了。转角路旁的两个石鼓还在，刻着“景泰寺”的石鼓已经长满青苔，另一个则被人刻成了花脸猫。

“景泰寺”石鼓

“锡泉古井龙神”牌位

我明明记得在转角的断墙上立着一块“白云区登记保护文物单位——上景泰寺遗址”的标志牌。虽然两年前我看到的这块立于2011年的石碑已经缺角了，但现在是完全消失了。来来回回走了三四次，我依然找不到上景泰寺的路。我非常清楚地记得，景泰寺的遗址有好几个出入口，最方便的就是在石鼓旁边的一条小碎石路，十来步路就到了。

十多年前《广州日报》曾经有过一篇报道，讲的是一群退休老人在自发组织起来，除杂草、用碎石铺路、种花、维护卓锡泉，将这景泰寺遗迹整理得井井有条。当我第一次来到遗址的时候，也为之赞叹。遗址的面积并不是很大，只有靠山面谷的一块平地，几株参天的大树围成一圈。虽然落叶很多，但由碎石铺成的路面还很好走。从大树到卓锡泉的小路两旁种满了悉心打理的花。正如报道所言，这是一块被精心养护的净土。印象最深的还是遗址中排列整齐的神像、佛像，跟这里的环境、历史恰如其分地融为一体。我还记得当天在遗址的人来来往往有很多，许多走山的人就坐在树下的大碎石上休息喝水。

我现在只能凭借记忆从石鼓的背后走上石阶路，除了最初的几步之外，剩下的路都已经被杂草覆盖湮没。最矮的杂草都已经高过脚踝，大部分都与我的膝盖一般高。上了遗址，情况也同样凄惨。原来就已经并不大的面积，已经被各种杂草杂花占去大半。其他通往主路的道路，已经全部被植物封闭了。碎石地面仍在，只是落叶已经几乎完全覆盖了它。神像虽然还在，但是数量比起原来要少了很多。放在正中的钟馗像，此时此刻更多了几分威严。通往卓锡泉的小路现在已经要拨开茂密的植物才能行走其上。转弯处，一处破烂没头的神像背对着我倒在路边。仔细辨认之下那就是原来立在泉后石碑前的观音像。来到井口，写着“锡泉古井龙神”的石碑仍在，但井口已经破损，泉井中的鱼也不见了……

当年在《广州日报》刊登的《不一样的登山路》报道中，还介绍了景泰寺遗址。我当年来时虽然没有什么古迹可寻但还是被维护得很好。到现在才两年的时间……一阵心酸涌上心头。那些十多年前新闻报道的退休工人们是否还好？或许

上景泰寺遗址一角

卓锡泉

用不了多长时间，要想进入这里就要开山辟路了。

太阳已经下山了。我抓住仅仅剩下一点点的余晖，踏着草离开了这片上景泰寺遗址。之所以叫上景泰寺，是因为资料记载就在上景泰寺下方四百米曾经建有一个占地七亩的下景泰寺。沿着来路下行的岔路就可以到达，虽然没有立牌，但根据记载在下行的大转弯处有一个不大的平地，现在有亭有鱼池。或许就是宋代所建“僧归亭”的所在，或者也不是。亭就在一个小山坡上，俯视着鱼池和鱼池下面的山谷。

在天完全变黑的时候，我已经走过了土路踏上了通往能仁寺的石砖路。相隔不远的路灯，把地面照得明暗相间。我在其间行走，愿当年的老人们安好，愿年轻的一代能接上来让上景泰寺遗址走出暗影，重见天日。一切期待有心人。

红尘不到

“有冇搞错啊？一年几都仲未装修好？（有没有搞错啊？一年多都还没有装修好？）”

我和几位登山的游客在白云山双溪别墅前停留了下来。

大门上依旧张贴着那张“装修暂停营业”的告示。

两扇门开了一边。

一位背着背包的中年男士，冲着他的朋友招了招手。

“理得佢啊，成年几没入过去了。（管他呢，都一年多没有进去了。）”

话还没有说完，人就已经侧身进入别墅内。

他说得没错，2013年的春节期间我还到访过这里。我还记得虽然外面人山人海，但是双溪别墅内的餐馆工作人员比游客还多。

那年白云山上举办郑仙诞游园活动的时候，双溪别墅已经闭门停业了。我爬上大门旁边那并不高的石墙，通过按压快门排解心中的郁闷。下山时已经将近七点，我来到能仁寺。山门已经紧闭，我坐在山门前的阶梯上聆听着漆黑的山上传来的钟声。我试图用手机录下这一片静寂中的孤声，但录的是一片空寂。持续节奏的钟声，让我烦躁的心渐渐平静了下来。回来之后，我还收获了一场重感冒。为此我印象深刻。

从门旁双溪别墅的介绍来看，这里大有来头。门上“双溪”二字更是朱德委

“广州市历史建筑——双溪别墅”标志牌

“广州市历史建筑——双溪别墅”说明牌

员长亲笔题写。进了门除了地上两个已经破损的防火面具外，一路上没有看到什么施工的痕迹。上阶梯前，猛地看到墙上多了一块金灿灿的牌子“广州市历史建筑——双溪别墅”。牌子的落款时间是2014年1月，也就是在实施围蔽装修之后。

双溪别墅除了别墅区外面积并不大。楼梯的尽头是一个三岔路口，一边通向古人墓，一条通向别墅，剩下的就通往别墅前的开阔平台。在以往这里是喝茶品尝风味小吃的最好地方，五宝茶、山水豆腐花、白云猪手……但我昔日最爱的那瀑布般触到餐桌的榕树气根和藤蔓不见了。修剪之后的老榕树只剩下主干，再也遮不住天了。

有一次我跟朋友聊起双溪别墅。

她说：“你还敢去那个地方啊！去那么阴森的地方。”

我记得就在“那个地方”坐着，榕树垂下茂密的气根遮天蔽日。烈日当空，树下却是繁星点点。山风袭来，这哪里是盛夏的广州？这里树比楼高，我坐在半明半暗的圆桌前，从满台面的落叶断枝以及说不清道不明的碎末中端起还温热的山水豆腐花，不紧不慢地吃了起来。

那连绵的气根如山如林，树冠更是与山连成一体。

每一个地方都有它的标志。“瀑布”没了，我直接面对蓝天白云的时候，反而觉得不习惯。

白云山上有着非凡经历的双溪别墅，她的设计者是岭南建筑艺术的代表人物大名鼎鼎的建筑师莫伯治先生。她更因接待过周恩来、陈毅等国家领导人而获得了最高的荣耀。而我来到这里，则是因为她的前身是双溪古寺。这里还保留着一些当年的痕迹。万幸的是这次的装修改建中，离门口不远的放生池和写着“双溪古寺”的石墙完整保留了下来。石龟依旧还在池中央晒太阳。

“你们是做什么的？现在这里在装修，不能进来的。”刚才还在背着我们优哉游哉独自喝着茶的一位大叔转过身来问道。他看起来有六十多了，说话温声细语的，尽管说的是很严肃的话。

“好耐冇入嚟啦，几时先可以搞好啊？（很久没进来了，什么时候才可以搞好啊？）”

“我不清楚，我只是负责在这里看守。”

“就你一个？”

“系呀。（是啊。）”

“以前在山上看古人墓那位老伯呢？”

“早就没做了。”

“怎么了？”

“他都七十多了，哪里还有老板敢请他？给了点补偿就请他回家了。”

幸好有带头闯进来的那两位顶着。看样子他们对这里非常熟悉，拉住了看守。我乘机四处观察。五宝泉还在那里，还是那样用铁盖封

双溪别墅大门

双溪别墅内的广场

“双溪古寺”石刻

得严严实实。原来熙熙攘攘的厨房现在已经空无一人。别墅跟我之前一次来一样，依旧下着铁锁挂着“谢绝参观”的牌子。

跟着进来的并不止我们三人，后面又来了几位女生。她们的胆子很大，径直奔古人墓去了。这一下子就让老看守紧张了起来。

“喂！靓女，这里在装修不能进的。那里是古人墓，有很多很多……”

“幽灵！”带头闯进来的那个人跟着一起添乱子。

女生愣了一下，但是没有停下她的脚步。

“你的耳朵是不是有问题啊？我都说了那里不能上去。”他的语气远远没有用词来得严厉。

他走上前，请女生们出去，附带着我也要出去。

“不好意思，这里还没有装修好。下次等没有人，我请你喝茶。这里的泉水好靓的！”

“喝茶不用了，我想知道怎么样才能成为这里看门的？”

“呵呵，可惜我不是老板。如果是，我第一个就请你。”

他们互相开着玩笑就走出了大门。

“不好意思，以后等装修好了再来吧。”说完他把门掩上了。

“刚才那两个男的怎么没出来？”

“可能是认识人吧。”

话音刚落，看门人也把那两位请了出来。他们的特殊待遇也就比我多待了三分钟。

我站在大门外，凝望着这座昔日古刹。虽然往日的白云山寺庙众多，但他们的传说大部分都很遥远。而双溪古寺恰恰相反，她久远的历史面目模糊，反而在清末民初留下最多故事，许多与高僧太虚大师相关。

据《太虚年谱》记载：

“宣统二年，庚戌（一九一〇至一九一一），大师二十二岁。

“正月，栖云自广州来西方寺，邀大师去广州。广州白云山双溪寺住持月宾，与栖云善，乃因栖云邀大师去广州，协助组织僧教育会。是月，革命党起事广州，不成。二月，汪兆铭谋刺摄政王于北京。革命之机运日迫。二月，大师偕栖云放海南行。舟次，诗有‘幻海飘蓬余结习，乱云笼月见精神’句，意兴甚豪。经福建、香港，抵广州，时已三月。以月宾为湘人，与粤僧有语言俗习之隔碍，致僧教育会组织未成。

五宝泉

双溪古寺遗址

“夏，粤僧志光及鲁少皞、邹海滨、潘达微等，发起于华林寺，迎月宾及栖云与大师讲佛学。

“时以佛学与大师交往者，有邓尔雅、林君复、夏同和、邹鲁、叶夏声、陈静涛等。从杨仁老学佛之梅光羲，时在广州为司法研究馆监督，亦时相往还。

“九月，诗人易哭庵来游白云山，访大师于双溪寺。易为寄老诗友，戊申夏，识大师于七塔寺。时任肇庆兵备道，重阳前四日，值易之诞辰，因偕张伯纯、汪莘伯、盛季莹、金芝轩、张检斋、于明若等诗人名宦来游。共集安期岩，唱和竟日。大师‘登鹤舒台’诗云：‘一自成仙去，名山鹤有台。白云迎客掩，丹桂傍岩开。铸此灵奇境，应穷造化才。一亭清寂寂，煮茗共倾杯。’

“诗为盛、汪等称许，每向人吟诵，因得获知于广州大诗绅梁节庵、江霞公。是秋，月宾退住持职。众以大师得粤中达官大绅推重，因举为双溪寺住持；是为大师住持寺院之始。

“是年，大师在粤颇与党人相过从。交有潘达微、莫纪彭、梁尚同等；以是阅及托尔斯泰、巴枯宁、蒲鲁东、克鲁泡特金、马克斯等译著。大师之政治思

“天南第一峰”牌坊

郑仙岩上的铜葫芦雕塑

想，乃由君宪而国民革命，而社会革命，而无政府主义。

“宣统三年，辛亥（一九一一），大师二十三岁。

“春，大师讲维摩诘经于白云山。发起改双溪寺为摩诃讲园，并为序（摩诃讲园章程序）。

“大师与党人往还日密。党人间多豪放不羁，大师与之俱化，自谓乃不复若昔之循谨。然各种秘密集会，已时参预［与］。令我煅炼敢以入魔，敢以入险的勇气豪胆者，亦由于此。

“三月二十九日，有广州之役；党人殉者，从葬于黄花岗。大师哀之，作‘吊黄花岗’七古。按：吊黄花岗旧作，久佚。陈静涛犹忆其初四句云：‘南粤城里起战争，隆隆炮声惊天地！为复民权死亦生，大书特书一烈字。’

“四月，大师以广州革命失败，急退双溪寺住持，移居盛季莹所寓江西会馆。时官厅侦党人急，大师自恐不免，颇有韬晦之意。

“初九日，栖云为官方所逮，羁押海南县民事待质所，陈静涛每月到所探视及资助之，至八月十九出狱乃止。于栖云处得大师吊黄花岗诗，涉革命嫌疑。官方犹以大师为双溪寺住持，发兵围白云山，索之不得。大师得讯，匿居潘达微之平民报馆。

“大师因事不安于粤，又窘于财，思归故乡而不得。

“幸清乡督办江孔殷，力为向粤督开脱；汪莘伯、盛季莘等官绅，亦多为疏解。汪莘伯等复资助之，因得以离粤而寝其事。五月，返沪。”

1936年，大师与铁禅、江叔颖等人在天南第一峰聚首同登白云山访双溪故迹。据太虚《人物志忆（十三则）》记载：“蟠溪久逝，寺宇残存无几，不胜慨然！下山憩能仁寺，乃和金芝老诗志感：‘别白云山廿四年，万峰重见接青天；依稀迹认双溪旧，变幻多端古刹前！俗化混言归大道，灵源孰悟到真禅！能仁共向深稽首，待看当空月朗然’。”

当天大师与友人聚首的天南第一峰便是昔日郑仙祠所在。据民间传说云岩即郑仙失足坠崖，被白鹤救起升天成仙之地。我数月前曾特意探访这一往日胜迹密集之地——白云山。

春节期间白云山原来就不贵的门票因惠民优惠打了个八折，这天登山主路上的人龙恐怕也就仅次于重阳登高时。尽管如此，在天南第一峰景区内，依然是游人寥寥无几。这情况和我登越秀山百步梯时发现的侧路一个凹陷的小平台很相似，静谧而清幽。我独自一人坐享清净，偶尔有人探过头来冒出一句：“这走不通。”然后就没有然后了。

春节期间的山上，别说真功夫、麦当劳这样的快餐店，就连绿茵阁这样消费较高的西餐厅也是满座。或许跟当初高铁开通时大家都嫌贵，现在一票难求的道

“红尘不到”石刻

理是一样的。站在餐厅前排队的顾客比天南第一峰景区里的游人要多得多。“天南第一峰”这几个雕刻在石里的大字似乎也在旁边绿茵阁的映衬下而没有太多吸引力。我进去过餐厅，最里面的落地玻璃和露天的平台视野开阔，远处的广州塔、西塔都一览无余。说来也怪，广州塔有600米高，天南第一峰也不过就是200米，我站在围栏前却感觉视线和广州塔是平齐的。远处灰蒙蒙的天气提醒着我，这是雾霾袭击下的羊城。

大门紧闭的云岩

重修之后的景区，水泥台阶平整好走，而且都被绿化所包围，转过一两个弯就看不见西餐厅前排队的人龙了。在台阶的尽头，有一个大平台。平台下面就是传说中郑安期为民采药坠落的山崖。我扶着石栏杆往下看去，断崖极陡，树木丛生，眼前一片绿色，无法看到崖底。

平台的前部有一个硕大的石牌坊。面对楼梯的一面写着“云岩古迹”几个大字，其背面则是一副著名的楹联“云开世外三千界，岩倚天南第一峰”，横批为“天南第一峰”。据景区介绍，天南第一峰牌坊是白云山保存较好的古建筑。原为宋代转运使陶定所建，当时成为白云山的标志性建筑，也是登摩星岭的必经之处。后人曾两次重修。

牌坊前面的墙上是白云山风景浮雕，可惜只是标出了云台花园和能仁寺大雄宝殿这两个景点。在牌坊靠悬崖一面的数米开外有一个巨大的铜葫芦雕塑。葫芦身上刻着四个大字，可惜我只认出了三个——“郑”、“宝”、“物”，以此来纪念郑安期。

“极目南天”亭

所谓云岩古迹，除了牌坊之外，还有“南海叶花溪墓表”石刻。从石壁上的说明可以了解到，墓表石刻已有近两百年的历史。十年浩劫中被毁，1983年广州市文物管理委员会和白云山管理处将碎石重新拼合，原位展示。如今的石刻有玻璃保护，但字迹至少我是无法辨认了。

继续沿着平台走，在尽头有一段下行的石梯。阶梯很短，可以看到梯下建筑大门上的“云岩”二字。这里就是郑仙岩所在，曾改为云岩寺，但更多的还是以郑仙祠留在史籍之中。顺阶梯而下，快到底的时候，路旁的峭壁上有清代的“红尘不到”石刻，旁边还有“白云区登记保护文物单位”的牌子。没几步就到达门前，这儿很小也就是十几个平方，一边是山一边是崖。这里没有栏杆扶手只有踢脚，好几株大树从山下长了上来倒也遮天蔽日。一条铁链穿过门上的铁环用挂锁将两扇斑驳掉漆的木门锁了起来。门旁的石牌简单介绍了云岩的历史，和1996年捐资重修云岩的人们姓名。我回身走上阶梯，透过石牌上的窗户往里看，只见紧闭的大门内还有回廊等等建筑物。

离开白云山后，我查阅了许多资料。终于在华南师范大学曾昭璇教授的著作《广州古刹记》中找到一张周廷儒院士于1934年画的《白云山上云岩寺（郑仙祠）素描》插画。从插画可以看到在大门内还有三间逐级下行的建筑。整座郑仙祠是位于一条狭长的峭壁断层平地上。据说里面还有朱德老总亲提的“锦绣南天”以及供奉着郑安期的神龛。

其实面对这样的到门前而不能入的情况我已经见怪不怪了。虽然行程并不完美，但是我至少曾经到此一游。回到平台，我走上位于平台另外一侧的亭子。如今这座被称为“极目南天”的亭子或许就是当年的“峭壁危亭”的现代版。好一对“佳日登亭远黛遥岑容极目，名山策杖朝晖夕照总关情”，特别是夕阳已经消失仅仅在远方中信广场上空留下一点点余晖的此时此刻。

我坐在亭子里发呆的同时也为自己的固执傻笑。就在前些日子，朋友问我：“你怎么老是摸门钉都不知悔改？你在写这方面的书，找找有关部门不是很省心省力又有效率吗？一个人盲头苍蝇似的乱撞还得不到什么结果。”

“人家帮你安排好了还有什么意思啊？还是随缘好。”

“看看你要折腾到什么时候！”

“呵呵！没事，一次不行就再试试看，总会行的。”

……

余晖很快就消失了，我也离开了亭子，摸着黑沿阶梯上行。快到西餐厅的时候，忽然又路灯亮起，昏黄的路灯映照着回程的路。路灯并不是全程的，回身望去背后一片漆黑。忽然从旁边的岔路里走出五六个人，我好奇地转了进去。原来是公共洗手间，难怪人气还挺旺的。我倒是希望这些解决内急的人们能抽一两分钟看看脚下这片传奇圣地。

白云山郑仙诞灯饰

第二次到云岩，正是到双溪古寺摸门钉的那次。那天恰好是郑仙诞，山顶广场上各种纪念郑安期的活动搞得红红火火。而云岩却仍然是黑漆漆的一片。不过还好，相信一切都会好起来的！

五龙仙津

无论过了多少年我都不会忘记那个站在五龙谷庙前浑身沾满“树泪”的下午。

“喂，你好啊！呢度系白云山风景区服务电话（这里是白云山风景区服务电话）。”

快半个小时过去了，我还以为他不会回复了。

“你头先问嘅嗰间五龙谷药王庙（你刚才问的那间五龙谷药王庙），我查过资料嘞（了），真系有（确实有），但系我唔知点先可以去到（但是我不知道怎么样才能去到）。建议你试一咁试问爬山啲街坊（建议你试一试问爬山的街坊），睇下有冇人知（看看有没有人知道）。”

这就是广州城里许多与五龙谷庙相似的寺庙的命运。他们不见于史料也不为人所知。大北的双山寺同样是一间命运悲惨的寺庙，她唯一留在世间的照片记录的是被日机轰炸后的残垣断壁。不过至少她留下了一张照片。

药王庙，曾经从南到北遍布于神州各地。在广州声名最为显赫的是曾经位于东风路上的药王庙，传说因为供奉的药王孙思邈百试百灵，庙前的道路被人们称为百灵路。民国初年，药王庙因被划入取缔范围而数量骤减。

在白云区文广新局公布的长长区级文物保护单位中，名胜古迹众多的白云山占了很大一部分。我从来没有想过在白云山寻找寺庙的遗迹会这样的顺利，景泰寺、白云寺、双溪寺、月溪寺都有清晰的路标，找起来并不是十分地费力。

于是离开景泰寺的时候，我雄心勃勃想以迅雷不及掩耳之势找到五龙谷庙，从而一举结束四天三上白云山的寻找之旅。

要找药王庙，先觅五龙谷。这是一个在白云山风景区地图上都找不到的地方。下午五点多从景泰寺出来回到登山小路上的我，看到五龙谷的指示牌，尽管它标注的方向是从未走过的柯子岭门，也要一鼓作气找下去。

我越走越慌，下山的路很好走但曲折多弯。常常是一面是山，一面是崖。这里的阶梯非常多，最直接的影响是上山的人寥寥无几。毕竟太多的上山台阶对膝关节不利。道路由一个个被路灯照亮的孤岛连接而成，明暗相间。黄昏中在陌生寂静的山林里，跑步声、鸟儿穿过丛林的声音，一切偶发的声响带来的只是恐惧，豪情壮志已抛九霄云外，此时此刻想的只是尽快离开。当进入一段由山林覆盖的仅有一人宽的道路时，没有光线，没有行人，没有目的地，没有参照物，更没有信号，只能硬着头皮贴在山边不快不慢地

药王庙遗址

药王庙遗址内的“五龙谷”、“仙津”牌及众多神像

摸索前行。总算是走出来了。回头一看，黑漆漆的一片。

小卖部出现在这里，倒是人声鼎沸灯火通明。公共厕所前的路牌，指示五龙谷在过来的方向。这样的夜晚，我没有勇气再回头寻找了。

到达柯子岭门时，我向售票员请教。

她扶了扶眼镜手指上山的方向说，刚才你下山时不是有一个小卖部吗？小卖部再往前走一点就有一块小的五龙谷路牌，你顺着下山就到了。

下山时太阳还是如同咸蛋黄一般，离开白云山时已经过去了一个多小时，月下马路上灯火通明。

整装待发的我第二天从柯子岭门登山，无尽陡峭的梯级无时无刻不在考验我已十分脆弱的膝盖。当顺着五龙谷的路牌重新走入昨夜那片寂静山林时，虫叫鸟鸣，一面是笔直的山坡断面，另一侧是七八十度的陡坡，这条路硬是从山腰里开出来。穿透了重重叠叠的枝叶洒在地面上星光般的光点，倾斜的栏杆，触头的丫枝，清新的空气，稀疏的游人，这里可以是天堂也可以是地狱。

已经走出蜿蜒的山林了，五龙谷的路牌影子都没有，不知道售票员口中的不远到底有多远。来回走了三次，都没有看到五龙谷的路牌。我回到小卖部前询问游人。

约王庙遗址中的八卦池

“五龙谷？这个亭子后面有一个山谷，那就是了。”一位阿伯指着公厕对面山头的亭子说道。

这是一个无名的亭子，亭里老带少放着音乐正在练习交谊舞。亭后数级台阶之后就是下山谷的土路。土路开阔平整，在这里的游客比在路面上的要多得多。不对，他们已经不能称为“游客”了，应该是“常客”才对。塑料布、两棵树中间拉起的羽毛球网，树上绑死的塑料绳和挂起的手帕，他们驾轻就熟地利用这里为数不多的平地。我蹲在地上，俯瞰两位正在拉网踢毽子的阿姨。不是我不想下去而是我找不到路下去。这四五平方米的壁前平地俨然是他们的领地。

“五龙谷啊？这里是二龙谷，还在更下面，你到下面去看看吧。‘庙’是没有听说过，下面还很深的，要走很长时间才到底。”一位阿姨昂着头回答我的问题。

往下走，路越来越窄，平地越来越少了，但哪怕是再小也有人利用绝对不会浪费。眼前在山崖边上出现了一个大转角，一棵松树从一块裸露的巨石缝中蹦出。这是一个转折点，再往下路更斜四周都是与人齐高的杂草。

“走！我们下去探险咯！”一位身穿衬衫西裤壮实的爸爸带领着一家四口很快就消失在杂草丛中。我试着跟下去，草丛中岔路极多，两三个路口之后我已经很难回忆起来时的路径。趁还能隐约看见巨石上的大树时，我赶紧往回走。我瘫坐在卵石上往下看，这里不过是半山腰而已，路已经如此陡峭难行。建庙工程浩大，这样的地形地貌不合常理。退一步说，走下去安全是个问题。一念闪过，我起身往回走。快回到亭子时，刚才还在踢毽子的两位阿姨已经靠在树上悠然午睡。

回到小卖部的我急累饿交加，抬头看到白云山风景区服务电话，我拨通电话求援。于是就发生了开始的那一幕。

唯一理性的选择就是下山寻找新的线索。

在翻阅了浩如烟海的网页之后，在网上论坛当中我终于找到条线索。驴友的力量是非常强大的，他们已经到达过五龙谷庙并拍照上传。一位游侠不但分享了图片而且还附一句并不起眼但很重要的话，“五龙谷庙就在鸿波山庄的后山上”，使我再启程。

鸿波山庄在广州新体育馆的对面，离鸣泉居不远，沿一条小路直至尽头就到。这条小路有一个高大上的名字——国际路。

小路上的行人不是拿桶就是背包，都是上山的主。转了数不清的急弯之后就要到达山庄前的分岔路口时，前面的大姐冲我喊：“后生仔唔好入山庄啊！嗰边要买门票嘅。（年轻人不要进山庄啊！那边要买门票的。）”

我知道，驴友攻略也有说明，但天生没有方向感的我不敢贸然尝试。山庄现在是某公司的培训基地，篮球场、羽毛球馆、餐厅、会议中心、别墅一应俱全。在山庄最深处的观景池旁有一条小路上山，穿过数间别墅后不一会就到了白云山风景区的门口。

“你嚟做咩嘢啊？（你来做什么？）”

保安的话让我莫明其妙。

“里面有一座寺庙的遗址，我想进去看一看。”

“不会很久吧？”

“一会儿看完就出来了。”

“你动作要快一点，现在已经五点了。晚了就天黑，里面没有路灯，太晚了不安全！”

道谢之后我买了门票上山，阶梯平整干净。但良好的路况并没有维持多久，阶梯毫无征兆地终止了，接替的是颠簸的土路、嶙峋的怪石，横亘路中央裸露年轮的老树头以及粗壮的树根随时都会拦住去路，走着走着阶梯又重新出现随即又消失。

游人搭建的凉棚

路的右侧干涸的山涧旁突兀地出现了一个怪异的平顶的建筑。它的高度很低，人在里面腰肯定直不起来，四周有一些小窗口但已被植物覆盖。这或许是五龙谷中第一个被记入史册的建筑物——日军用于逼供的水牢。

循坡而上，土路、碎石、乱根依旧伴我前行。在丁字路口的石板桥下是流淌的山涧。上山台阶下的土坡中伸出一条塑料管，流出如假包换的白云山深层过滤天然水。接水人将水瓶斜斜接上出水口，瓶多水慢，两人坐在溪旁一块大石上开始聊天。

在路中的另一侧不远处有一块开阔地，十分平整，与驴友们的照片十分相近。这里的路已经被大树侵蚀，树根顶起的路面起伏不定，路边倒下的竹子靠在另一边的大树上。

再过去就是一座建筑物的遗址了。走进一看，遗址有三层，规模不小。最外面的是一个青砖铺成的大广场，一直延伸到山涧斜坡处。青砖长满了厚厚的发黑的苔藓，湿滑异常。广场的四周都长了大树。在茂密的山林里，只有这里能看到完整的天空。除了鸟叫虫鸣，就是伴随着轰鸣声飞机时不时划空而过。在广场的树荫下，游

完好的青砖阶梯

药王庙遗址第二层中游人堆砌的桌椅

人用碎砖、条石搭建起休憩的地方。

广场的右侧树立着“白云区登记保护文物单位——药王庙遗址”的标志牌。当我看到广场正中对面的“五龙谷”石牌时，轻风吹过树枝摇晃，感觉许许多多细碎的东西飘落在身上，抬头一看却什么也没看见。我心里突然暖了起来，暂时忘记了疲惫。

我正对着这座昔日古庙的中轴线，眼前是依然伫立的完好石柱礅和石门坎，其后的空地是整块平整的石头地面，两旁还有阶梯导入往日的偏殿。空地后面有一个废弃的八卦池，八边形的池边，中央有块圆石，其上还叠加了一大堆的碎石头，碎石中探出一株茁壮的植物。池边有一根竹管引来山水，大大小小的金鱼在其中游荡。见我走了过来就围绕而来，无奈事前没有准备，它们只好失望而回。

在正中的“五龙谷”石牌旁边整整齐齐地排列着大大小小的神像。神仙虽有重复，但造型却并不相同，其中观音像居多，接着是福、禄、寿、财四神以及关帝爷，特别的是还供奉着鸡神、猴神和狗神。走近细看，“五龙谷”牌已从中间裂开，牌上刻记着年代“咸丰”，余下的字被“福神”挡住，想上前挪借一下位子，但神像和石牌都放在由大小不等的条石和碎石块堆起来的墙面上，无法够到。观音和寿星公前的香炉里插了几支没点燃的香。在“五龙谷”牌下还有一块刻有“仙津”的石牌。“仙津”旁边还有一块残牌，仅存一“林”字。

沿空地上的台阶走上昔日的左偏殿，原来这里早有人知，而且被充分利用了起来。纵横叠加的青砖垫起的长条石再加上水泥粘连，摇身一变就成了长凳和方桌。人们在四周有洞的条石中插入竹竿绑上塑料布搭起了遮阳棚。直接坐在麻条石上硬而不平，他们用水泥粘上地砖，舒适程度自然提高了很多。在“椅子”旁的树上还有由五根竹子组成的护栏，旁边还有一个扫帚和一个自制的垃圾铲。

偏殿旁一左一右两条阶梯路分别通往第二层和第三层，通过落叶覆盖杂草丛生的破碎但还算平整的台阶，来到药王庙的第二层。第二层进深很小，中间一张用碎砖条石搭起的八仙桌就满了，两侧树已长成，遍地杂草碎砖，进入的路已经完全被覆盖了。

第三层则比第二层要大了好几个数量级，宽阔平整，三面断墙以及两侧残存屹立的门框。植物已经深深扎根在土墙里。靠左侧门框的一侧被清理出一块空地，同样是用碎砖条石搭起的桌椅。右侧的门框已经披上绿色的新衣。墙体上还压着从后山竹林倒下来的竹子，山门的石柱礅就静静地被叶儿包裹着。其余部分已经变成植物的家园。

药王庙遗址第三层的残墙内

夕阳透过门楣上的几个洞在地上投射出几个金色的光斑，看来第二层的门楣应该是被人移去插竹子了。走出门外，一上一下两条石阶路分别通往后山和殿旁空地。逐阶而下，厚厚的落叶和延绵不绝的杂草掩盖不住平整的脚感。碎砖碎石更是星罗棋布，其中还有几株巨木，想必是当年建庙时栽下的。

回头拾阶而上，梯阶消失在竹林前。之后就是崎岖的土路，土路延伸到山涧的源头——一个巨大的水塘。岸边的巨石上还放着两尊浴女像，再远一点的石窝处，在落叶和杂草中供奉着一尊五彩斑斓的观音像。

当走到庙前广场的最前方回望药王庙时，我惊觉这座庙宇的规模是何其宏大，而且遗址也是这样的完整，主体结构、层次分布清晰明了，也惊讶其不为人知。尽管如此，仍有人在尽力并精心地维护她。我走到广场斜坡边，看见坡下的落叶堆积很高。“仙津”处的石墙上还长着一株茁壮但已被拦腰斩断的大树。虽然每尊神像都不是很大，但都是陶瓷烧制而成做工精美的现代工艺品，想必是经过精心挑选的。

药王庙遗址第三层的残墙

隆冬的广州天黑得很快，来的路上确实没有看到半个路灯，在天已经擦黑的时候，我赶紧拖着疲惫不堪的身躯下山。在景区门口，我问保安帅哥：“请问这是哪个门？”

“五龙门。”

……

在白云山上寻找寺庙，经常能在山边路边时不时发现一两尊神像，也有像药王庙一样被人细心打理照料的。那是一种怎样的信仰力量呢？

当我抛出这个问题的时候，会贤师父给了我出乎意料的答案。

“修行的人如果觉得一个地方很有缘，就会很想在那个地方扎下根来修行。如果你看到一个人对着山边不停地拜不是很奇怪吗？神像就可以很好地化解这一切困扰。神像和佛经一样都是方便法门，是帮助我们修行的，可以起到引领的作用。他们去做这样的事情，信仰的力量固然是强大的，但更多的是他们发自内心的修行，这也是修行的过程。”

但无论如何，我都要感谢这些寺庙的守护人，因为没有他们就没有今天的五龙谷药王庙遗址的相对完整。广州这唯一的药王庙遗址，她并不是孤独的。

苏家月溪

虽然白云山还是那座白云山，但是如果选择不同的线路你的体验会完全不一样。

论强身健体的效果，从濂泉门登山无疑是第一选择。那里坡陡阶密，直到阶梯尽头都没有半寸地方可以歇脚。要有安全感的清幽和清新的空气，从景泰门登山是最棒的。登山路上树林环绕，行人不多，到处鸟啼虫鸣，十分惬意。虽然阶梯很多但是并不连续，路面道路平整时起时伏给人很多休息的机会，唯路程实在太远。要略微体验登山的乐趣，五龙谷里的土路石路给你些许刺激，但是难找没有路灯也是值得注意的问题。白云山南门这条经典的上山大道，登山电瓶车不停地按着喇叭才能勉强从人群中通过，嘈杂喧嚣有时甚至还会塞人，尽管有很多令人不快的困扰，但是这是一条可以用较短的行程一次性探访完白云山大部分已经消失了的庙宇的路线。

进入南门后，山脚是歌唱家们的天地。他们分时分批在这里唱歌。我站在里三层外三层的歌迷外围，一边聆听着歌声一边往山脚下的学校望去。这个三面环山的山谷叫弥勒坑。据记载，当年平南王尚可喜就在这里兴建了弥勒寺，大汕和尚更是从安南国带回藤弥勒佛像让她显赫一时。嘉庆五年（1800年）僧齐悟再修，道光四年（1824年）僧景林又修。弥勒寺到民国后，又收购寺侧广化善院建为佛教解行学社，至1926年犹存。但藤弥勒佛像至民国初年即已失载。

继续往上走，能仁寺在向我招手。这座抗战期间被毁、20世纪90年代参照旧

修葺中的晴川苏公祠

制重建的古刹，是如今白云山上唯一的寺庙。在其山门旁边有一条静谧的阶梯小路，可以通往昔日的羊城八景之一——景泰寺。

再往上走，在接近山顶公园的位置有天南第一峰。如果没注意，那就请注意另外一个更为明显的建筑——绿茵阁。顺着绿茵阁旁的楼梯转过开阔平台继续下行到最深处就是昔日的云岩寺。或许她在另一个时期的名字——郑仙祠会更为人所知。

沿山顶公园向摩星岭前行，可以抵达往昔白云山上最大的寺庙——白云寺。这座毁于抗战的寺庙如今已是广州碑林。穿行于碑林，从上往下走，从碑林到九龙泉，继续往下走，走出整个景区之后才能看到在山门旁边有一堵挂着“白云区登记保护文物单位——白云寺遗址”牌的残垣断壁。

沿登山路继续前行，就到了著名的双溪别墅即双溪寺遗址。双溪寺是除五龙谷庙外保留最好的一座寺庙遗址，放生池以及墙上“双溪寺”几个大字被完整地保留了下来。再往前就是要走上很长一段时间才能到达最后的一个寺庙的遗址，昔日的月溪寺如今的山庄旅舍。

而我今天上山的目的地是苏家山，她的主人有着众多的头衔，但是我最关注的是他月溪寺修建者的身份。

一个意外开启了一段缘分。

当探访完大通烟雨遗址后，我顺道去了趟距离很近的黄大仙祠。去那里，我是想寻找潘达微先生创办的花地孤儿院的痕迹。可惜，无论是孤儿院还是潘达微先生，一点痕迹也没有。

随后的“五一”节，我按新闻报道寻访先生故居——启明大街27号。当我按照百度地图的指引行走在狭窄的启明大街时，新旧建筑交错唯独找不到27号。当我进入古祠堂中的治保中队办公场所时，刚才还坐在木沙发上的治安员们突然停下了谈笑。一个人还拍了一下身旁还在玩手机的同事。一位貌似队长的人走了过来，笑着说：“你找谁？”

“潘达微？我们这里没有这个人。我在这里十几年了，从来都没有听说过潘达微。”

“他不是现在的人，是民国时期的人。我听说他的故居在这里，但就是找不到27号。”

他送我出门口。我刚走出两步，忽然他从后面叫住了我：“天河区有两条启明大街，我们这里是车陂，还有一条在棠东。你是不是搞错地方了？”

心中一震，我赶快重新查看资料。正如他所言，先生故居在棠东的启明大街上。此时夕阳将要落下，我带着懊恼的心情踏上回程。转过大街路口的幼儿园我顺着河边往回走，在第一个大路口，我看到一座残破的祠堂样式的建筑。

走进一看，祠堂残破得已经很难形容。祠堂两边没有了围墙，行人可以随意从任何角度穿行其中。祠堂内前半截堆满了各色各样的建筑材料。最让人觉得凄凉的是，祠堂的瓦顶上长满了

晴川苏公祠简介

晴川苏公祠祖堂

高高的杂草。与一岸之隔那座庄严整洁的“同章简公祠”祠堂相比简直就是天差地别。残破的祠堂最扎眼的无疑是大门上那块“广州市文物保护单位——晴川苏公祠”的标志牌了。

进入祠堂内部，这里像一般的祠堂一样放置了大量的板凳、餐具，说明还是同姓村民聚集商议的主要场所。祠堂内部的布置以文字资料、画像居多，但保存情况堪忧。在祖堂正中的“宋太尉苏公晴川之像”虽然用玻璃镜框裱了起来，但是画像已经受潮发黑。

这间祠堂曾经被改为车陂小学，小学搬迁后空置多年。直到20世纪90年代才重新变回祠堂。但是为何会变成如此惨状？我问一位正在祠堂内铲沙的村民，他说：“正在慢慢维修啊！”

“请问可以拍照吗？”

“可以，你想拍什么都可以。”

祠堂内悬挂的世系图上明确地标记了苏轼后人的分布情况，其中有一支后裔在番禺黄编村。那不就是眉山寺所在吗？难怪我在眉山寺侧殿旁边的墙角会看到那么多块苏氏祠堂的牌匾。祠堂里展示了许多当年寻找修复苏家山的资料。苏家山这个我从来也没有去过的地方，我一定要去看看！

周六的南门上山大道，人山人海。但不同时间段上山的人是不一样的。在周六的中午，上山的几乎清一色都是手拉手的情侣或一家三口，全是青年人。与壮观的上山队伍相比，下山的人稀稀疏疏并且以中老年人居多。人堵人速度快不起来，越靠近山顶公园速度越慢。终于到达山顶公园了，发现公园已经被各种商业设施占据大半，和儿时记忆中宽敞的广场有了明显的差别。人流更是汇聚在这里休息，反而越是往山里走人越少。

苏家山的入口和白云山摩星岭入口非常近。从山顶广场一路上行，虽然两公里的距离并不算远，但是连续上坡也让人略感疲惫。难怪从山顶公园到摩星岭这并不遥远的路程乘坐电瓶车居然要十元，而且还经常满座。

冬日的暖阳下，一切都是热乎乎的。身边的人纷纷解下衣服，或放包里，或系腰间，只有在树荫下才能感觉到丝丝凉意。越走越热，感冒初愈的我也拉开了羽绒服的拉链。山在广州碑林处到达了这一段的顶峰。

身后传来：“还要爬啊？”

“快了快了！前面马上就要下坡了。”

“累死人了！”

我笑了，其实我也是一样。

下坡的路虽然时有起伏但还是轻松了很多。沿路有很多地方都封闭了起来不让

供奉在祖堂上的龙头

“苏家山胜迹”石碑

人接近，身后传来一个女声：“别进去，牌子上写着：内有军犬，禁止入内！”

话音刚落，一只大狗从军事禁区的栏杆底下拼命挤了出来，轻车熟路地跑到对面的蜂蜜蛋糕制销点加餐。

在三岔路口，我看到了路标。路标所指的地方有一块大石头，上书五个红色大字。

“苏家山遗迹。”

“什么‘遗迹’？是‘胜迹’！”

我刚刚念出声就被身旁的人纠正。

巨石的旁边有一条石阶路直下山中，台阶之侧斜靠着一块麻石牌。上书：“此路通往苏家山苏东坡之孙苏太尉墓。”

“好冷啊！你真的没有记错路吗？”

“不记得了，我们还是回头吧，别迷路了。”

前面两位少女叫了起来，转头登阶而去。

虽然是烈日当空的正午，外面的游人脱得近乎短打装扮；但是树高林密，遮天蔽日山风袭来，我不禁打起了冷战，赶紧把拉开的羽绒服再次合拢。

这里的台阶虽然坡度有点陡但十分平整，走起来非常舒服。直下台阶走到了一个九十度的转角，此处立着一块石碑，上面刻有苏东坡的千古名句：“但愿人长久，千里共婵娟。”继续下行，山林依旧茂密，只是在下山路的右侧出现了铁丝网，走近一看，上面挂着“严禁翻越铁网，否则后果自负”的字样，落款是“山庄旅舍保安部示”。山庄旅舍的前身就是月溪寺。月溪寺并不是通常所说的佛教寺庙，而是苏家的家祠。明初，月溪寺改建为“月溪书院”，成为当时岭南著名的书院。明末，书院又改名为“碧江苏氏山

小路上的引路牌

祠”。抗战期间，山祠被日寇毁损。1964年，广州市政府在原来山祠的基础上修建了山庄旅舍。我此前沿着登山路，在过了双溪别墅后走了很长的一段路到达了山庄旅舍。但我能走到的范围内，目光所及之处都是现代建筑，已经找不到往昔的痕迹了。眼前的这个情况说明，月溪寺和苏家山的确是相关联的。虽然在史料中早有记载，但是能实地证明此事也是一件令人愉快的事情。

虽然这里树木繁多，树林的地面上都积了厚厚的一层落叶，但是阶梯上干干净净的一片落叶也没有。这一定是有人精心维护方能做到。

走了一段时间终于走到了山底。一座同样挂着“后果自负”牌子的栅栏拦断了水泥横路，硬是将山进行了人为分隔。往前直去就是苏家山。苏太尉墓呈半圆形，气势磅礴。几个年轻人正坐在面对墓碑的石圈墙上晒太阳、嬉笑、拍照、聊天。

最靠近阶梯的三块石碑，第一块刻载了南粤三苏后裔拜祖团2003年到四川眉山拜祖和2005年赴河南省郏县拜祖的经历；第二块石碑是广州市文化局关于宋太尉苏绍箕墓墓志铭报审问题的复函，整篇公文连公章都刻在碑上；第三块则是眉山苏氏世系图，也就是苏家开枝散叶的情况图。

苏洵——苏轼——苏迨——苏箕，苏箕即本墓的主人晴川公。

苏轼——苏过——苏笈，苏笈就是番禺黄编苏氏的始祖。

也就是说，黄编和车陂的苏姓族人追溯到苏东坡这一辈都有着共同的祖先。

在太尉墓的边界上有一堵不高的墙，起首是“广州市登记保护文物单位——晴川苏公祠，含苏绍箕墓”标志牌。2003年立的石牌字迹已经相当模糊，有人用红漆补色，可惜笔法不佳效果并不理想。接着就是满满的重修太尉墓的芳名留念。前言当中的一句“不论捐助数额，一一留名”，让我明白了为何芳名刻满了石墙。我仔细查看，苏太尉的后裔星罗棋布，海内外子孙纷纷捐资，重修眼前这座有着八百多年历史雄伟壮丽的苏太尉墓。

墓碑上写着“宋太尉右丞相显考晴川苏公墓”，左侧刻有墓志铭。碑文已经斑驳，其中有一段与月溪寺相关的记载。“……遂上白云山，以绍箕名购地三百亩，建月溪寺隐居，绍兴二十年（1150年）终于寺内，享年六十有二，葬于寺后山，后称苏家山。”

转角处的苏轼名句

将要离开的时候，又有两位顺着阶梯走了下来。他们饶有兴趣地查看着族谱和墓志铭，看来喜欢探秘的人还不少。

终于走出阴冷的林荫石路，一辆车横停在“苏家山胜迹”几个大字前。

“我在这里等你，你看去吧！”

那位戴着帽子的男士点了点头，转身小跑下了石梯，刹那间就从视野中消失了。我猜这位可能是苏家后人。

白云山山庄旅舍的铁栅栏及警示

我转进广州碑林顺着阶梯下行。在碑林从九龙泉往摩星岭上行的人多，下行的人少。梯阶太多了，以至于耳旁时不时还能听到一两句：“还没到啊？”碑林的梯阶是转圈的，通往碑林内各个景点。在走完一个“S”后，我穿过“历史人物浮雕图”找到了刻有“景泰禅师传”的石碑。此前的照片没有拍好，我又补了一张之后就下九龙泉，回到登山路下山。

“你哋两仔爷唔好玩咁危险啲嘢了！（你们父子俩不要玩这么危险的游戏了！）”

一对年轻夫妇带着孩子正在登山。登山路的两端一边是山一边是坡。为了保证安全，沿坡边铺设了石砖。两三岁的小男孩拉着父亲的手，左摇右摆地在上面走着。石砖并不宽，一只小脚踩上去就没有多少空余了。石砖在一棵树下分成了两段，小男孩还舍不得下来，继续拉着父亲的手，小脚颤颤巍巍地踮了过去，脚尖勉强能够着地。就在进退两难的时候，父亲笑着把他举了起来。身后的母亲叹了一口气，笑着摇了摇头。

苏家山石碑上的苏家族谱

“广州市登记保护文物单位——晴川苏公祠，含苏绍箕墓”标志牌

我跟他们擦肩而过。当走到小男孩没有跨过去的那棵树前，我往坡下看，下面坡陡林密，乱枝纵横。更让我吃惊的是，就在石砖旁有一匹坐卧的石马。石马的造型并不雄骏矫健，而是温顺富态，做工细腻精致。但是石马的左耳断了，下肢也明显看到有缺口，看来也是历经风雨。再往前走一两百米，在峭坡中又看见一座残屋。房顶已经没有了，四面长方形的墙体保存还算完整，门框窗框清晰可辨，杂草碎石散落一地。这一马一屋背后又会有着怎样的故事？

我动笔前再次在网上查看相关的信息资料，忽然发现短短的一段时间内，晴川苏公祠和苏家山都上了新闻。先是祠堂亟待修复的现状被报道出来，接着关于晴川公不是苏东坡的孙子言论开始见诸报端。或许应该先将争议放下，毕竟在现代化的广州中，前人留下的痕迹已经不多了。

烟雨迷蒙

“沙沙沙”，一群日本兵默不作声地低头扫地。

“扔死他们！”周边一大群人不断朝他们扔着垃圾、烂菜叶甚至是石头。

……

一只枯瘦的手从已经变成日军战俘集中地的日军宪兵司令部的铁丝网中伸了出来，向路过的行人乞讨食物，路上没有一个人给他任何食物。

……

为谢家祠迎来光荣的农会也为其带来了苦难。1938年日军占领芳村，凭借汉奸唐贵在谢家祠搜出农会徽章，认定芳村谢氏家族当中有抗战分子而大肆屠杀，不少谢姓人无辜受到牵连。谢氏有54户家庭中年满16岁者全部遇害。死的死，逃的逃，不舍得家园留下的人大多改姓，抗战前芳村本有3000谢姓男丁，到新中国成立前人口损失一半以上。

血雨腥风之下，不仅仅是谢氏家族遭遇悲惨，芳村地区的人民也受尽残暴虐待。

日军占领芳村后，将已经改为广东公立孤儿教育院的大通寺悉数拆毁，用其砖、木料修筑碉堡和炮台。千年古刹前的榕树更成为日寇实施吊刑的场所。烟雨井也从此湮没。

所以日军战败后，所有的血海深仇都要记算，民众虽然没有生杀予夺的权利，但并不妨碍他们通过这样的途径发泄他们压抑多年的痛苦和仇恨。

大通烟雨井遗址

大通寺的故事可以上溯到一千多年前的南汉。

南汉国皇族频频礼佛，建佛塔、迎佛骨、赐寺田，光是在兴王府的四面便修建了28所寺庙，与天上28星宿相对应。大通寺就是其中之一。

《达岸禅师传》中记载了大通寺开山祖师达岸禅师的事迹：

“禅师从小跟随慧涛法师学习佛法，18岁毅然走上了出家作苦行僧的道路。在二十岁那年，他到了广东云门寺礼云门宗开山祖师文偃禅师学习禅法，适逢传戒的殊胜因缘，又是近水楼台，于是他在那里受了具足戒。后向南参学到了五羊城住在了诃林的风幡堂。

“达岸禅师住在诃林风幡堂时，南汉的国王来寺院礼佛，被在寺院经行的达岸禅师的威仪所折伏，便主动上前请教佛法，两个人谈得非常投缘。后来南汉国王还给达岸禅师送过玉环、银钵和金襕袈裟及其它［他］供养，国王对达岸禅师的德行非常敬佩。但达岸禅师不喜欢住在喧闹的市区寺院，很想找一座幽静的寺院用功办道。

“有一次，达岸禅师路过广东顺德，快到滘镇时，江上忽然刮起了大风，船只难以在江面上正常行驶，只好先下船登岸，正好岸边有一所小寺院，禅师便入寺去礼佛。只见这座寺院藏在深山之中，茂林修竹，只听见清泉潺潺，真是太幽静了，禅师被这胜境深深地吸引，让他有一种心旷神怡的感觉，留［流］恋［连］忘返，久久不愿离去。于是他向南汉皇帝请示，批准他去兴建住持这座寺院。由于禅师在岭南一带有一定的影响力，所以自从他住在那座寺院后，跟随他学习禅法的人就更多了，寺院里面都容纳不下，只好在田间小路旁边盖起了茅蓬。后来皇上来寺院拜访他时，见寺院规模太小，难以适应当时的弘法活动，便又划出一些地方，对这些在佛教界有影响力的寺院，皇上还拨巨款进行扩建，供寺院弘扬佛法，教化信众。当时寺院规模之大，据说可与南汉皇宫相媲美。皇上见寺院如此壮观，便为寺院题名——宝光寺。”

千年古迹——大通烟雨井

后南汉覆灭，但禅师一直在寺中弘扬佛法。宋政和六年（1116年），经略使陈觉民，请于朝，敕赐“大通慈应禅院”，并号达岸为“慧通证觉禅师”，大通寺之名从此始。

寺中有一口非常奇特的井，每逢风雨将至，井内就会云烟翻滚，但云烟始终在井内，没有冒出井口。这就是宋、元、清三朝的羊城八景之一“大通烟雨”里的烟雨井。

大通寺宋末毁于战乱，数年后重建。明末清初再次被毁。“康熙六年，里人肖子奇得异疾，发愿赎地修复。病愈，遂为重建。买田塘地基五十亩以益之。环寺植树，尤擅幽邃”（见《番禺县续志》卷四十）。据记载，此次重修了金碧辉煌的大雄宝殿及天王殿，在烟雨井上建了六角亭，还建了供人登临观景的烟雨楼及精舍。大通烟雨比前代更为壮观。清东阁大学士陈宏谋，曾向乾隆奏述大通烟雨奇景，乾隆御赐“大通烟雨”四字，并建成牌坊。

清末民初，大通寺逐渐荒废。

当时广州大部分的寺庙道观都面临相似的命运。国民政府下令破除封建迷信取缔一切淫祠庙宇，建于1899年香火鼎盛的道教圣地花地黄大仙祠因在取缔范围之内，人去楼空，被迫迁往香港。

同盟会会员、亲手收葬广州起义烈士遗骸的潘达微先生在战乱频仍、大量儿童流离失所时站了出来。在广东省政府的支持下，潘先生借黄大仙祠创办花地孤儿院，并被推为首届院长。

据记载，花地孤儿院最初确定院址，筹资开办，修建院舍，聘请教师等事务，都由潘先生亲力督办。当时政府财政收入无固定来源，教育经费由社会善长仁翁捐赠，孤儿院经费艰难，潘先生将母亲遗产房屋一所变卖，以自己所分得的钱用作孤儿院开支。

孤儿院招收的大多数是社会上无依无靠、受苦受难而自愿入院的八岁以上的孤儿，小部分是受迫害的婢女或幼仆，全部教养生活费由院方负责供给。实行半工半读，每年招收男女孤儿约有300人。历届学生恪遵院训，刻苦学习，力求上进，不少人成为有用人才。其中著名粤剧表演艺术家罗品超，幼年曾经在此读书。

为了纾解巨大的经济压力，孤儿院设立铜乐队，配用西洋乐器，严格训练学生演奏各种中外乐曲。殷富人家办婚嫁丧葬大事，讲究排场，均来雇请乐队演奏，院方因此收获数目可观的礼金。

每逢农历端午、中秋、元宵等节日，中外游客来花地游览，络绎不绝。孤儿院内能容纳逾万人，院方趁此兴旺期间，陈列师生工艺作品和作业成绩，供人参观，并作慈善义卖。操场搭盖戏台和狮子楼台，邀请著名醒狮队献技，省港澳粤剧团也前来义演。市内各大商店工厂设档义卖，为孤儿院筹募基金，铜乐队奏乐欢迎游客进场，全部门票收入与义卖礼金等收入拨作院务费用。

1924年2月，孤儿院院务扩大，将大通寺扩为院址。一座是道教圣地，一座是千年古刹，风波历尽，携手公益，直至广州沦陷。日寇侵占芳村整条同安坊作为宪兵司令部，大通古寺和黄大仙祠亦遭拆毁，让人扼腕叹息。

抗战胜利后，孤儿院复办，直至新中国成立。此后黄大仙祠变成了包装制品厂，大通寺成了果子食品厂。黄大仙祠于1997年原址复建，1999年2月6日举行开光典礼，得以光华再现。而大通烟雨井则在2004年的房产建设中被重新发现。

寻找消失的庙宇最大的困难在于寻找痕迹，可是最大的乐趣也在于此。

广州果子食品厂如今已经变成了楼盘恒荔湾畔，黄沙隧道出口右转不一会就到了。

来到恒荔湾畔，只瞄了一眼高耸的大门和仪仗队似的门卫我就心生退意。这里是果子食品厂的旧址，偌大个厂如今仅仅剩下一个窄小的门市部。我进去买了一瓶水，站在门口发呆。

在芳村大型的楼盘并不是很多，四周不是低矮的房子就是公园绿地，大楼直入云霄。这里就是大通寺的遗址所在，先撇开石屎森林里面有没有遗迹不谈，如何进入这一私人领地就成为首要问题。

门市部旁有一条小路，小路的一旁尽是一些砖木结构的低矮房子。大树下，两位妇女正坐在石凳上享受着楼荫和树荫带来的双重享受。

小路边上停满了汽车，时不时还有汽车穿过，高楼默默地注视着她们，仿佛是两个在玩具房子中端坐的泥人一般。可她们兴致不减，摇着扇子聊个不停。

我向两位大姐走去。问好之后，我道明来意。

“大通寺？没听过。”

“宋大通烟雨井”牌匾

“那有没有古井呢？”

“古井，好像有一个，在后门进去，不远。好像是立了个牌子，不过我也没有进去过。只是听人说过好像有。”

“谢谢，谢谢！”告别之后我加快了脚步。夕阳无限好，只是近黄昏，我想趁着光线还算充足的时候拍上几张。

一路走过了地下停车场入口、超市以及菜市场，拐过垃圾中转站。难忍的恶臭中，一位提着菜的大姐，用手掌捂住鼻子，小跑而过。我紧跟了过去，过了垃圾中转站就是楼盘的后门了。

后门不大，但满眼绿色，将刚才的狼狈冲淡了几分。行人通道再加上两条车行道，门卫不在。机会难得，刚才还在绞尽脑汁地想说词的我，长长松了一口气，尾随那中年妇女不慌不忙地进了楼盘。

走过一条弯弯的小路，就进入楼盘中央。只见所有的高楼都立在楼盘的外围围得严严实实，中间留空了一大片绿地。

远远望去，在地平线下，有一个大坑，四周用石栏围了起来。快步走到石栏旁边，只见坑中有亭台楼阁、有回廊，更重要的是有一口井。

我立即打开照相机，将焦距拉到最极限扫视。井应该是罩起来了，模模糊糊不是很清楚。井上有亭、有匾，井后的墙上还有石牌。牌匾上刻着的“宋大通烟雨井”映入眼帘时，我雀跃了一下，找到了！

在亭后的墙壁上，还有大通烟雨介绍。石栏离井有几十米，在围墙夹角的地方有一扇石门，石门下有台阶直通到底。兴奋之余，用力一推，动了一下，就被什么东西拽住了，低头一看，石门被铁索绑住锁死了。

天色已昏，我焦急地试图改变这种可远观而不可近赏的局面，直直地冲进面对“深坑”的大楼。保安拦住去路，问明来意后，他拨通了管理处的电话，递给了我。

我说得简明扼要，对方的回复却是云里雾里。

“不好意思！钥匙不在这里，我们没有权利开锁。”

我并不相信，甚至还有几分气愤。

保安轻轻补了一句：“我来了这么长时间，也没有下去过。”

我只好悻悻离开大堂，回到锁得严严实实的石门前，一腔郁闷化作咔嚓咔嚓的快门声。日已西斜，光线不佳，只好回程。离开后门的时候，门卫还给我敬礼。刹那间，才想起这里是私人场所，他们有权利有义务保证住户的生命财产安全和生活不受打扰。

很快我就在网上看到两条同样是关于大通烟雨但又截然不同的新闻。2009

“广州市登记保护文物单位——大通烟雨井遗址”标志牌

“‘大通烟雨’遗迹”说明牌

年的《荔湾区花地“大通烟雨”即将免费开放》和2011年的《千年古井成私家珍藏》。这使我想起了同样是让我吃了闭门羹的市郊一区农会旧址——谢家祠，广州市一级文物保护单位。相比而言，我至少溜了进来，还收获了数张照片。

与这个现实中的纠结相比，我更关注于另一个问题：为什么同样信奉佛教的日本人，会做出拆毁佛寺的事情？实际上在战争中，他们没少干，为了不让游击队扎根火烧白云山毁掉了白云、月溪诸寺，飞机炸毁了千年古刹石门古庙，围困罗岗洞要杀“勾结”游击队的松青师……而在大通寺，日寇又看中了什么？

再次走过楼盘旁边那停满了汽车的小路。那些老房子旁的树下又坐了人，不知道是不是曾为我指路的人，一股暖意流过。走到拐角，破旧的房子中有一条歪歪的路，昏黄的灯光下我壮胆直行。在穗港米业门前那照明度非常有限的白炽灯下，我看到了河涌。

大通烟雨井遗址附近的江边夜景

来到涌边的时候，才发现这里的光线要比来时好得多。每隔几米就有路灯。这里还设有码头，停靠着一艘荔湾水政的白色执法船。江风猎猎，白船摇荡起伏。不远处还有一道水闸。沿黄沙隧道方向走去，这条涌边的道路越发平整，路旁还种满花草树木。月已初升，情侣、老人、母子、夫妻，人来人往，各得其乐。

“青藏高……原！”声音越来越大，越来越近，居然是一辆四人骑的自行车，前面两人的屁股下就是一个硕大无比的音箱。“一、二、三，冲啊！”四人一起发力，车子从我眼前一滑而过，消失在月色中。

“呯！呯！呯！”江边摆了一个小摊，支撑起一块大幕，上面挂满了气球，摊前红线外一人手持“步枪”正在连续扣动扳机。“5块20发了！”摊主一边装填着“子弹”一边招揽着客人。

地上闪着光等着人套圈的各色各样的小玩意，从身边滑来滑去的“溜友”们，唱着“喜羊羊美羊羊”的儿童电动车，还有人帐篷下的乐高、胶球、泥沙，这里就是一片乐土。

当看到江对岸仍在装修的黑漆漆的白天鹅宾馆时，我意识到这里是三江交汇处，是控制这条水路的咽喉。或许这就是大通寺遭此劫难的原因。正如会贤师父所说的那样：“战争期间哪里还顾得上啊！”

人是物非

人、事、地、物，这是构成一个故事的最基本的要素。

对于在广州寻找已经消失了的庙宇，最常见到的也是令人最无奈的就是一切均已不复存在。

濂泉寺这座白云山上昔日的名寺，就是落入这样的窘况。《广州市文物普查汇编》中的“已经湮没的重要史迹一览表”的附录中记载：“白云山明代所建的濂泉寺，毁于抗日战争时，残迹依稀可辨，20世纪80年代尚有鲍姑井旧迹，90年代末附近建高架路后便残迹无存了。”

80年代至今不过三十余年的光景，当进入濂泉路走上登濂泉门的那一刹那，我还是充满了期待的。我想应该还能采访到一些情况的，但越往上走心情就越失落，进了濂泉门还没有开始登山心就凉了一大半。

“我今年85岁，从来都未（没）听过咩（什么）濂泉寺。”

说话的是一位老伯，花白的头发却有着洪亮的嗓音和坚定的眼神。面对我的疑问，他倒是一点也不含糊。他挥起手将四周的朋友横扫了一遍：“我哋（们）呢（这）班朋友一起上白云山都有几十年，从来都未（没）听过都未（没）见过！”四周那些同样白发苍苍的老人均点头不语，似乎我问的是一个非常奇怪或不值得回答的问题。

碑文云：“涧穷而飞泉见，溅珠喷雪，下垂若帘，此濂泉所由名也”。“蒲涧濂泉”亦是宋、元、清三代的羊城八景之一。如今古刹、飞瀑均已消失，而且消失得是那样的彻底。

类似的情形，在寻找的过程中一再地反复出现，确实是让人沮丧的事情。

“都咁耐，知嘅人唔系死咗就系老年痴呆喇。（都这么长时间了，知道的人不是死了就是老年痴呆了。）”这一“名言”出自于在金花街采访金花庙时，街道介绍给我的一位行家口中。

虽然这句话很让人心塞，但也是大实话。

如今已是越秀宾馆的小北飞来庙、已经变成红十字会医院的海幅寺、曾经被改为广州第一个肉菜市场现今是名盛广场的关帝庙……

一次又一次重复着这样的遭遇。

看来，这又是一次令人沮丧的行程。我已经来民治大街三次了，已经花去了数天的时间，但仍然收获甚少。

民治大街位于芳村大道，就在黄沙隧道口十字路口旁。无论是与不远处高耸的恒荔湾畔，还是正对面的脑科医院或已经变得干净整洁的芳村大道相比，这里似乎没有什么变化，十年前这儿怎么样，现在还是怎么样。

民治大街有点对不住“大街”这两个字，短、弯、窄，一辆小小的面包车

中市民治大街入口

就堵住了大半个路面。幸好这里的人早已习惯了，来来往往的人丝毫没有让路的意思，车前车后包得严严实实。面包车里的帅哥干脆摇下车窗，瘫在座椅上，吞着云吐着雾，懒懒地放着离合一点一点地前进，说龟速都是夸他了。换了别的地方，早就喇叭响彻天了。唉，人总有认命的时候。

大街上卖什么的都有，面包、衣服、皮鞋、皮包、小电器。这里的房子基本上都是砖混结构的老房子，平房居多，全街的至高点不过是一幢三层的房子。老房子的格局基本一致，虽旧但四四方方的平整实用，这点早就被追求空间利用最大化的店主们证实了。

中市内街

虽然已近黄昏，也没有几间商铺开灯，就这样半明半暗地营业着。在尖耸的屋顶下吊着一把大风扇就是最大奢侈了，里面的人摇着扇子面朝外半躺在沙滩椅上。

与商铺形成鲜明对比的是，夹在每一家商铺中间忙活的“走鬼”们。

一张破烂不堪还褪色的塑料布、一堆小山一样的瓜果蔬菜、一块写着价钱的纸牌，一个摊位就这样诞生了。小贩们一个接一个，整条大街两旁的走道一点都没有浪费，中间就剩下勉强可以两人同行的道路了。

番薯五斤三元，小土豆一块钱三斤，嫩绿的上海青一元成交。蹲着挑菜的已经挡住了后面人的去路，不过后面的人也不着急，一些人侧身钻过，另一些则一直站在身后静静地等着。一个接一个，摊上差不多空了，摊主一个转身变出一个大泡沫箱，瞬间又出现了一座新鲜漂亮的小山。

“来包‘南洋双喜’！”

一个男生拎着菜踮着脚尖提气缩身经过那几乎看不到的“摊界”。

“好！六元。”沙滩椅上的男人叼着烟慢慢站起来，手伸得都快断了，脚也不挪动一步。

这是共生的状态，地摊带来了超高的人气，商铺也被带旺了。生活在这里的人们非常方便地各取所需。有这样的便利，还在乎什么拥堵呢？一路深入，你挤你的路，他砍他的价，大家乐在其中。

走着走着，一家香店吸引了我。卖香的见多了，可没见过这么卖香的。别人都是一捆一捆扎好的，他则是用好几个大塑料箱装着散着论斤卖，从五元到八元各个价位的香一字排开，跟卖菜也没什么两样。

香店还不只一间，走到民治大街的尽头，拐过至高点也是最现代化的钢筋水泥建筑——居委会大楼，之后往前不到一百米，又有一间更大的香店。店面规模比起大街上的那间更大，品种更齐全。

有卖香的也得有烧香的，有求才有供。

当年民治大街可不是这个模样，虽然同样狭窄，但却是另外一番景象。

当街前的芳村大道还是珠江时，当街口还是中市码头时，当芳村还是河涌纵横时，这里同样是熙熙攘攘的。村里的人世代以水为生，对水神更是格外地崇敬。就在这弹丸之地，就建有两间供奉水神的历史悠久的庙宇——北帝庙和天后庙。

虽然自“五四”以来，这样的庙宇在绝大多数时候都被视为封建迷信。但对于这样一群生于水、长于水、终于水的人们来说，“拜的神多自有神庇佑”的信念足以支撑他们与困难作斗争。

多年以来，一切都根深蒂固了。虽然民国初年广州市市长孙科为兴办教育将天后庙改成了“市立六十二小”，但北帝庙被保留了下来。一直到20世纪50年代，北帝出游也是当地一件盛事。这份情感并没有因为芳村大道的诞生、码头的迁徙而消失。后来，北帝庙被改为宿舍了，具体原因不明。

来民治大街就是想寻找这两间消失已久的庙宇。庙前直街、庙前四巷……这些带着“庙”字的路牌是留下的唯一线索。

“天后庙？有冇搞错啊？天后宫系嘛？天后宫喺南沙，唔喺呢度，差得远喽！（天后庙？有没有搞错啊？是天后宫吧？天后宫在南沙，不在这里，差得远啦！）”

回答我的是一位身着白背心短裤衩、手摇葵扇、满头华发的老人家。他正在大香火店旁空地的树荫下观棋。

“我看过资料说这里曾经有北帝庙和天后庙。”

“肯定搞错了！这里附近以前就只有一个大通寺。”

“那您对大通寺的情况了解吗？”

“我当然了解，好熟㗎。入面有眼井，成日好似煲滚嘅水一样出烟，好过瘾嘅！（我当然了解了，很熟悉的。里面有口井，整天好像煮滚的水一样冒烟，好过瘾的！）”

“开饭啦！”

不知道哪里传来一声叫唤，刚才还兴致勃勃的老人马上道别。

我只好继续寻找。

“你沿原先你进来的大路一直往里走，那里有间庙，这两年重新搞的，可能就是你要找的天后庙。”另一位观棋的老者指点道。

道谢过后，重新上路。过了十字路口后，这里就已经不是民治大街了，这里叫“至爱圩场”。这里的路比起民治大街更为狭窄，弯多巷子多。这段路并不长，这里的建筑物比起民治大街要新上不少，商铺也是一间接一间的，树木茂密，灯光不足。终于在一间卖植物和宠物的店铺旁看到刚才那位老先生所说的“天后庙”，可惜他说错了，这并不是天后庙。大门旁边挂着文物保护单位的牌子，上面刻着“广州市郊一区农会旧址”字样。下面还有一块说明牌：

广州市郊一区农会（谢家祠）旧址

广州市郊一区农会旧址位于芳村区花地中市。大革命时期，随着广州市郊农民运动的蓬勃发展，1924年8月15日，在农民运动领袖彭湃、阮啸仙等人的指导和帮助下，广州市郊一区农民协会在此成立，共产党员林宝宸任执行委员长，这是广州市郊最早的农民协会。

广州起义前夕，中共广东省委将广三铁路工人纠察队和芳村地区的市郊第一区、第三区农民自卫军组编为广州工人赤卫队第六联队，并以此处为集结地和训练地。1927年12月11日，广州起义爆发，广州工人赤卫队第六联队在徐向前的带领下，先后攻克石围塘火车站和佛山普君墟。

广州市文化局

2007年9月28日

而另一张红纸通知则告诉了我，它的另一个身份。

原订［定］于4月5日祠堂祭祖，由于有其他原因，改在4月27日（即4月最后一个星期天），希各位宗亲相互知照。

2014.4.4

这里应该原来是也一直是一间祠堂，并非如那位老人家所讲那样是天后庙。

这座祠堂整饬一新，雕梁画栋十分精美，可惜大门紧闭不得而入，只好拍下几张照片之后就离去。此后多次前往中市，想一睹尊容，可惜一直闭门不开，无可奈何。

中市北帝庙旧址

天色越来越晚，我辗转在巷子当中，力图有所收获。这里不但房子老旧、地面凹凸不平，而且极为狭窄，仅能容一人通过。天气炎热，大部分有人在家的屋子都敞开门窗通风透气。

“区伯，食咗未（吃了没有）？”

“食咗喇，好耐冇见嘞！（吃过了，很久没见了！）”

“系啊，呢排好少返嚟。（是啊，最近很少回来。）”

“好啊，慢慢行（慢走）！”

一位光着上身，戴着厚重的老花眼镜的老伯就倚着铁闸门和路过的街坊聊天。

当我说明来意后，老伯右手仍然拉着铁门，略显僵硬的脸上露出了轻微的笑容，“呵呵，好啊，现在很少人关心这些事情了。天后庙我就不知道了，北帝庙你行（走）出去，转右沿着大路回到中市，就在十字路口有间茶叶铺，那就是以前的北帝庙了。”声音很小，很慢，还带着几分喘息，双手仍然拉着铁门。

“谢谢，谢谢！”

虽然我已经走出几步，区伯仍然站在门口，一只手拉着铁门，另一只手伸出铁门挥手指向右边，依然为我指路生怕我走错了。当我走到路口后，那只手才慢慢收了回去。

顺着区伯所指方向，我又回到了民治大街。在路口的右侧，我看到了那间茶叶铺。商铺还是旧时的建筑式样，红砖尖顶，开间和进深都不大，就是一般村里神庙的格局。大街上人来人往，我想多次求证，可惜已无人知晓详情了。

带着几分失望又回到大香火店旁的榕树下，这时天早已黑透，大伙都散了，我只好继续前行。在这里树比房高，所以即使早已悬挂红色高温预警了，这儿的气温明显要低上个四五度，热但不算难受。在离巷口还有百来米的地方，路直了，地也从石块变成整块的水泥路面，更为明显的是以庙前八巷为界，一边是钢筋水泥的七八层新楼房，别一侧依旧是低矮的老房子。

这时，就在庙前八巷的路牌下的房子里，走出一位老婆婆，利落地拿着一个大锅准备淘米煮饭。

“阿婆，阻你一阵！听讲以前呢度有座天后庙，你知唔知喺边度呀？（阿婆，打扰您一下！听说以前这里有座天后庙，您知不知道在哪里啊？）”

阿婆很热心，笑了，慢慢地转过身来，指着前面的一幢新建高楼说：“果度就係，不过而家一啲痕迹都冇。（那就是了，不过现在一点痕迹也没有了。）”

按照老婆婆的指点，我来到这座挂着“荔湾教育信息化研发基地”“广州市信和电信发展有限公司”牌子的建筑物前。建筑本身不知是有意还是无意间，黄色的仿琉璃瓦以及山门样的大门设计，还保留了一点点庙宇的味道。

我知足了，特别是经历过那么多次的无功而返。

中市天后庙旧址

西关乐善

“喂，你要拉住他呀！他已经走失过好几次了。”

当嘶哑的声音传入耳时，我的胳膊被紧紧地箍了一下，有点疼。扭头一看，武行出身双眼通红的老黄牢牢拉住我的手。

不但手力大，声音也放大了好几倍。他的太太在一边紧紧拉着他那只指着我鼻头的手，一边在说：“都叫了你不要喝酒了，少喝一顿都不行，真是的！”

“得了得了得了！我知道了！”老黄甩开太太的手，指着前面那个熟悉的背影，又冲着我来了一句：“你要看着阿广啊！”

他的声音已经让我的耳朵嗡嗡作响，但无法穿过上下九陶陶居前密集的人流进入一瘸一拐的广叔耳中。

那天我跟广叔去寻找的是长寿寺，聚餐时我问道：“广叔您知不知道长寿寺在哪里？”

“长寿寺就是乐善戏院。”

广叔说得既对也不对。据记载，长寿寺前身是长寿庵，建造者为明朝万历三十四年（1606年）广东巡按御史沈正隆，地点在今天的长寿东路荔湾公安分局北面一带，占地面积八亩。康熙年间，大汕和尚在平南王的支持下，当上了长寿庵的住持，将庵名改为长寿寺，并且在里面大兴土木，广种奇花异卉，布置亭台楼阁。寺地比之前大大增加，寺内有离六堂、怀古楼、绘空轩、半帆亭等，又凿大池，环种花木，池水可流经顺母桥而出珠江。

示范动作的柏叔

短短数年，长寿寺的规模格局已是各大丛林之首。在声名最盛之时，大汕渡海前往安南被尊封为“国师”，跟随者不计其数，曾一次就授戒1400多人。一年之后，大汕带着一船船的珍宝回国。他运用这些巨资，继续扩建长寿寺并在白云山麓下修建弥勒寺，佛像更是由安南国王供奉。

然其兴也忽焉，其衰也忽焉。虽然大汕的声名一时无量，但之后急转直下。与同为在尚可喜支持下建寺的海幢寺住持阿字和尚相比，大汕的晚景要悲凉了许多。先是因盗用诗句、傲慢无礼等原因与屈大均等朋友、文人反目成仇，接着大汕仿效玄奘大师名著《大唐西域记》记述安南风情的著作《海外纪事》成为众人攻击的目标。虽然最终清廷没有对大汕定下谋反大罪只是遣返回籍，但遭到接连打击的大汕最终命丧归途。长寿寺从此盛极而衰。

光绪年间，当局下令禁止妇女入庙。但有令不止，长寿寺在一次纷争中局面失控围墙被推倒。除大雄宝殿之外，一切均毁于火灾。僧人四散。随后几年，常有广州士绅议捐重修长寿古寺，试图恢复这座佛林名刹，不过最终亦再无下文。

光绪三十一年（1905年），两广总督岑春煊下令拆毁长寿寺，寺产入公。除了大雄宝殿利用原有建筑材料兴建西关戏院（后改名乐善戏院）外，其余寺地公开拍卖。所得款项除一部分作为两广师范学校经费和拨充派遣赴日留学生之费用外，其余专用于建筑沿江堤路之建设工程开支。

从此长寿寺就只是在广州城留下长寿东、长寿西等地名了。

老“张飞”戏幼“周瑜”

那天有好几位资深的粤剧老艺人参加聚餐。其中年龄最大的是78岁的叶兆柏，最年轻的是72岁的单来广。和以往的聚餐一样，桌上总是摆满了各色各样的美食佳肴，但是大家都意不在吃。他们的话题大多数都围绕着往事，威水史也罢，苦难史也好，在桌上不乏同情理解或是再补上一刀的人。在这样的聚会中提起乐善戏院，他们的话匣子一下子就打开了，你一言我一语说个不停。

“乐善戏院是非常典型的古色古香的岭南建筑。”柏叔一边扇着扇子一边抢先发言。“麻石、趟笼，戏院上上下下都很有岭南建筑特色。其中最特别的是西关街坊看大戏的习惯。就在戏院的正对面有一间叫‘何荣记’的茶楼。现在一些年纪大一点的街坊都还记得。老西关讲究的是味道好又实惠。何荣记就是这样的茶楼，所以生意兴隆。戏迷看完大戏就到对面坐下饮茶，一盅两件可以慢慢享受了。不但戏迷去，演员和戏班的老板也会去。茶楼很小，客人密密麻麻挤在一起，非常嘈杂。伙计双手端着托盘挤行于人群中，全凭一股中气吆喝‘干蒸烧卖’……一天戏班老板把一个吆喝声音洪亮的小伙计叫到身前问：‘你有没有兴趣学唱大戏啊？’”

柏叔停了停喝了口茶接着说：“小伙计愣住了没吱声。老板继续说：‘你先回家问问父母同不同意，我明天这个时候还会过来。你到时再回复我。’第二天小伙计答应了老板。老板将他送到平洲的粤剧训练班接受培训，这个训练班也是粤剧最早的科班。这个小伙计就是后来的一代名小武——白山富。这件事是我爸爸告诉我的。他当时也在训练班里。空闲时师兄弟聚在一起闲聊，就问起白山富的来历。他支吾了半天才说：‘我，我，我，原来在何荣记卖干蒸烧卖……’”

为什么戏班老板仅凭几声吆喝就看上了白山富呢？这个谜直到一年多之后采访一位粤剧老艺人时才得以解开。原来以前粤剧徒弟在训练开声时喊的都是食物名，像干蒸烧卖这些茶点更是一个也不能少。戏班老板听多了，自然一听就能知

华林禅寺山门

华林禅寺初祖达摩堂

道白山富的嗓音条件非常合适。

至于为什么会用食物的名字来开声呢？我不得而知，不过至少一个茶楼卖点心的小伙计变成著名粤剧小武也是一段佳话。

“乐善戏院的戏台是很传统也很特别。现在已经没有这样的戏台了。现在的戏台是平的，你看就算是粤剧人心中的重地佛山祖庙的也是一样。在以前，传统的戏台不是纯平的而是有一定斜度的，而且是向观众倾斜的。这样坐在前排观众的视线就不会被遮挡太多。观众是照顾了，但对演员的功底要求就高了很多。平地空翻都有一个冲力，更何况有倾斜角度，力度不容易掌控。当年有一个师兄，力量一下子没有收住，一个后空翻直接飞出舞台。幸亏他脑子转得快，立在台前的柱子上，还非常镇定地亮了一下相，才不慌不忙又一个空翻回到台上。台下的观众当然是拍烂手掌了，但他却是满头大汗了。”广叔补充道。

“还有水塔，水塔比戏院高又距离很近，水塔顶还会吱吱地喷水花。最怕的就是上台前妆也化好了戏服也穿好了，结果给水塔喷到一塌糊涂。经常都要左闪右避，还要用扇子遮住脸。”“啪”地一下，柏叔那把扇子又开了，边说边做了个示范。

“你别看广州有那么多个戏院那么多个戏班，每个戏院都有特色，比如海珠大戏院它就是专门做过埠客人的生意。那时的人要在回佛山、顺德、中山等地方之前看一出戏，海珠是最好的选择因为靠近码头交通方便。别看乐善戏院在深街内巷当中，到时你去看看就知道了，不是在大马路上出入并不方便；但是一个戏班想到乐善戏院演出一定要先衡量一下够不够分量。乐善戏院座位多，它一共有三层看台。大班要保持高上座率也不是一件容易的事情。如果是一个不知名的小班贸贸然来演出，肯定是空空荡荡、血本无归。乐善戏院一直都是为大戏大班而生。在这里也举行过许多粤剧界的盛事。比如说薛觉先（粤剧宗师）归国的欢迎仪式就是在乐善戏院举行。故事太多了，一时半会也讲不完。阿广你带张生去看看，认认路先。”

华林禅寺五百罗汉堂

华林禅寺门前绿化丛中的“南粤古丛林”碑

所以我就跟着有点瘸的广叔走向乐善戏院。他的腿一共断过两次。第一次就是在乐善戏院，那天排练时热身不足，一个空翻落地时左小腿骨断裂。他的姐夫佳哥（粤剧名伶靓少佳）带他拜访西关最著名的跌打医生。15天之后他重返舞台。

“15天就全好了？”

“没办法了，手停口停。”

……

算起来我们快一个月没见了。我们因柏叔在銮舆堂举办的免费“文茂戏曲班”而相识。我还记得从认识的第一天起，在他的嘴里只有班里的那一群孩子，永永远远。

“我有一个梦想！”平常不多言语的广叔每当他说起这事的时候就像换了一个人，激情洋溢、滔滔不绝。

“我想办一个儿童剧团，让戏曲班的小朋友有一席之地。他们不但要练功还要上舞台演出。我每天做的事情都是为了这个理想。”

“很累的，要注意身体。”我想起他和柏叔的徒弟鹏仔在排练经典剧目《芦花荡》时，为了增强表演效果，尾声时广叔抱起接近一百斤的鹏仔转圈。那次排练结束后广叔嘴唇紫黑，还没有喘息好开口就问：“你觉得效果怎么样？”

唉，真拿他没办法，一切一切都为了他的梦。

我很担心他，那紫黑色的嘴唇，雾霾一样的眼球，消失得越来越快的短时记忆……任何一样都值得担心。最让人担心的还是他常常挂在嘴边的那句话：“我没有什么时间了。”

“我今年72了，柏哥78了，胜伯（著名粤剧演员孔宪珠）都走了。我们还能有多少时间？当年我们请行内公认的‘筋斗王’过来教小朋友练功，但是翻着翻着他突然中风。我们老了，身体每一天都不一样。所以我很急。”广叔笑着说这一沉重的话题。

我又是无言以对，唯有继续聆听他的梦想。

聊着聊着不知不觉中，我们已经穿过了长寿东路。这里的玉铺数不胜数，每间都不大密密麻麻地挤在一起。这儿绝大部分的商铺都是平房，左右两边通常是柜台和加工台，中间仅有一条狭窄的过道。加工台前昏黄的灯光，吐着蓝色火焰的喷枪，和叮叮咚咚的敲打锤击声与极其刺鼻的味道混在一起。客人就站在台前目不转睛盯着师傅的一举一动。而对面的柜台则是灯火通明，星罗棋布的射灯把玉器首饰点缀得美轮美奂，台面上还放着一堆用红纸垫底的墨绿色石头。一条路上除了一两间商铺门面较大外基本上都是这样的作坊式的玉器首饰铺。人们在狭窄的人行道上只能错肩而过。汽车的尾气和商铺的异味更是因为沿路茂密的大树而无法散去。幸好长寿东路并不是很长，很快就走到与康王路交界的十字路口。路口有三面都是玉器城，另一面则是荔湾广场。沿着路口的一座牌坊进去，就可以看见著名的华林禅寺，一座被玉铺围绕着的佛寺。

其实这四周红红火火的玉器批发市场，大部分土地都是来源于华林寺和长寿寺这两座名扬四海的大丛林。这一切一切都来源于一场又一场的风波。长寿寺没能顶住。华林寺则在信众的倾力相助下在民国初年的寺产拍卖中好歹存活了下来，尽管失去了大部分的土地。

五眼古井

不久之前，我专程去过一趟华林寺以及周边四散的残留痕迹。华林寺人气最旺的还是最靠近山门的达摩堂，这也是与广州地区一般的佛寺最不同的地方。里面供奉的是世界上最大的重达10吨的达摩铜像。达摩像旁的楹联“无法向人说，将心与汝安”说的就是当年祖师向二祖慧可传法的故事。

与祖师殿挨着的是毁后重建的罗汉堂。罗汉堂里供奉着五百尊罗汉，简介中介绍有一尊罗汉是根据马可·波罗的形象塑造的。罗汉堂内只有一扇大门，不见有窗。金身罗汉们被供奉在木制的柜子中，昏黄的灯光半洒在身上让人觉得可亲可敬。那天阴雨连绵，罗汉堂的看门人倚在门口吹着一把铁叶风扇。越往堂里走，胸口越是发闷。最终，我没有找到那尊以马可·波罗为原型的罗汉像就匆匆离开了。我绕行一圈在大雄宝殿上了炷香就离开禅寺。虽然在禅寺四周能看到更多的昔日圣迹，但除了五眼泉保存得比较好之外，余下的都化作商业街上的背景了。

我和广叔继续顺着长寿路慢慢地走着、聊着。广叔不断地描述着他的梦想，厚重的眼镜拦不住兴奋和愉悦。他兴高采烈地说着，最近老师们正在排练新的节目，老师们正在利用各种关系和机会让小朋友们上舞台演出。他手舞足蹈，背也直了，音调高了八度，满

“西来初地”牌坊

面红光，就像换了一个人。

聊着聊着，我们过了马路拐入长寿大街。

十字路口的一侧是华林玉器市场，另一边则是荔湾广场，无论哪边都宏伟巨大。相比之下转入巷子的长寿大街是那样的低矮破旧，麻石的街面凹凸不平，狭窄的街道已经化做长条形的农贸市场。长长的长寿大街，有些是打开房门就成店面，有的干脆就席地成铺，两边的商铺像接龙一样连绵不断。水中鲜活的鱼，笼里不安的鸡，地上新鲜的蔬菜，店里靓丽的生果，在昏黄街灯的映照下融为一体，当然各种味道也共冶一炉。眼睛和鼻子的感受是分离的，可接踵比肩的人们完全不在乎这些。因为这里的品种是这样的多，价钱又是那样的便宜。他们在这里挑选、砍价，忙个不亦乐乎。

在大街的尽头，伫立着一幢钢筋水泥的现代建筑物。街口正对着一间当铺，门前挂着大大的招牌——广州市长寿典当行。广叔说：“这里原来就是乐善戏院。”当铺墙上有一个圆圈，红底白字一个偌大的繁体“当”字摄人心魄。我拿起手中的相机拍了起来。广叔接了个电话，有急事就先走了。临走之前还嘱咐我怎么返回，我想送他去车站，但他执意不肯。

广叔走后，我自己在四周转悠。典当行大概占了三分之一，右侧是旧货市场——利群商场，左侧是居民楼的入口，再过一点则是一家士多店。我走到士多店转了弯，发现面前一大群人坐在地上研究着什么，一个个面色凝重。他们时而闷不作声，时而低声讨论。

风起了一张纸飘到脚下。我低头一看绿色的纸上印着一串数字，上面还写着“大师指点”。我赶紧收起相机，快步走过。拐弯之后，又是另外一片景象。这里有一个不大的广场，广场中有几棵大树，树荫连成一片格外的清凉。树下是用铁枝和塑料布搭建起来的简易帐篷。帐篷里摆满了各式各样的商品，有背包、皮包、鞋子、收音机、衣服、文胸等等。小小的广场上横着摆了两排帐篷，在另外一个拐角竖着又摆了一排帐篷。此时，已经临近黄昏，华灯初上夜市准备开张，店主们正优哉游哉地收拾店铺静候客人。

转过拐角继续向前，走过早已拉下铁闸黑漆漆一片的利群商场就到路口了。路口正对着一家牛奶专卖店。

我在想，当铺就是乐善戏院，那“何荣记”和“水塔”应该就在附近了。当天空开始洒下雨粉的时候，我也迈开脚步从牛奶店向长寿路的方向走去。狭窄的街上仍然是麻石路面。一路上都是低矮的居民楼。快到路口时有一栋鹤立鸡群的大楼。资料显示，西关水塔这座广州最早的水塔被改建为宿舍了。我踱着步，这里到当铺的距离并不远，应该在水花的“射程”范围之内。我向门卫打听。那大叔打量了一下我，就送了我“不知道”三个字。雨一下子就从“粉”变成“瀑”了。毫无准备的我匆忙间借街坊的屋檐避雨。街坊是位老太太，她正在赶紧收拾摆放在屋檐下卖的红包。

“你是做什么的？”屋里传出一个浑厚的声音，很快就从阴暗中走出一位中年男士，他一边接过老婆婆手里的东西一边问我。

“我想找以前西关水塔的位置。”

“就是这栋楼了。”老婆婆指了指我之前向人打听的那栋大楼。

“呵呵！好啊！而家仲有后生仔嚟揾以前嘅嘢（现在还有年轻人来找以前的东西），好事嚟㗎（好事来的），有得传承嘛。”

弓着背的婆婆笑起来了，似乎也年轻了许多。

我冒着雨又用脚丈量了一次，虽然我不知道从水塔到乐善戏院到底有多远，但能确定柏叔说的肯定是真的。

水塔其实也是当年长寿寺的一部分。这些街那些铺，统统都是。

雨越下越大，我躲进牛奶店里暂避。天已经完全黑了，当我手中的酸牛奶喝完的时候雨还是没有变小的迹象。

“请问这里是以前的何荣记吗？”

“是的。”五十多岁的老板大叔头也没回，直勾勾地盯着雨帘。

“谢谢！”虽然今天来已经看不到任何痕迹了，但好歹认了个地。我正要告辞离开，老板说：“等等！麻烦你帮我一个忙。”说完他递来一把雨伞，“我儿子就在街口，雨太大了进不来。麻烦你帮我带把伞给他，可以吗？”

雨真的很大，麻石路面上已经开始有积水了。我的雨伞也开始漏水了。就在路口的屋檐下，路灯下雨点横飞，一个人蜷缩在三轮车里躲雨。我递去雨伞。大家都笑了。

时移世易，唯情不变。这也是最大的收获。

“西来古岸”牌坊

一周之后，我再次到銮舆堂拜访柏叔、广叔还有戏曲班的孩子们。自从2012年的6月相识起，我便常常去那里。有些日子没去了，心里时常挂念。

我站在去往銮舆堂的路上，看着一幢被拆卸的房子发呆。那是一幢位于恩宁路旁已经结束了

长寿大街街市

生命的房子。它仅剩下一面墙壁紧贴着旁边的“未亡者”。艳阳高悬，从墙上盥洗镜上反射出来的金光是它留下的唯一痕迹。

不知道是否每幢建筑物最终都会面临这样的命运。人过留名，雁过留声。但人过几轮，雁过几番后，人物皆非。又有什么值得后人记忆和传承呢？

曾经有人问柏叔：“为什么你要免费教？”

柏叔白了他一眼：“你以为我跟钱过不去啊！君子爱财，取之有道。有的钱一定要拿，中联办点名叫我到香港讲薛觉先，我不想要钱，可中联办说是规矩一定要给。有的钱就是不能要，我吃粤剧这行饭吃了一辈子，如果没有师傅当年的教导，哪有我今日。无粤剧就无我。我要是赚这种钱以后怎样见师傅啊！”

“我想请教一下张生，你觉得什么样的东西应该保存下来啊？”柏叔的一句

乐善戏院旧址

排练中的广叔和鹏仔

话把我从记忆中拉了回来。

“我觉得好的传统应该要保留下来。”

“对了！”柏叔招牌式地竖起了大拇指。

“确实，时代会变。很多事情在形式上一定会有所改变，但是好的理念是不应该变的。我将至少我认为是好的东西传承下去，对错我不知道，但至少我做了。”

我喝着茶看着身旁正在练功毯上打着侧手翻的孩子们。整个早晨，唱腔、身段基本功、排练，所有的一切都安排得满满的。柏叔和广叔是这么说的，也是那样做的。

“上次讲到乐善戏院，还有一件事是很值得宣扬的。你不要以为粤剧演员就很风光，其实大部分的人生活都很困难。你想一想，以前没有生活保障也没有退休工资，真的是手停口停。有幸红了，还要添置衣物，要各出奇谋吸引观众。所以就是红了的演员一般也很难存下钱。万一遇到意外，生活就很凄惨。每年农历新年前，各剧团都要进行一段时间的休整。大家就协商在乐善戏院发起大杂会。所谓大杂会，就是指各戏班选出最好的角和戏进行大会演，为粤剧界那些生活困难的人筹款。通常的演出，一定是名角拿得最多，因为人们是来看他的。但在大杂会期间，所有人都没有演出报酬只给车马费。不管是大牌还是你今天只出场翻了一个空翻，大家的车马费都是一块钱。全部人都一样，没有特殊的。大杂会通常持续好几天，刨去车马费和演出成本之后所有的钱都用于行内的福利。这个传统一直持续了很久，在新中国成立后还维持了很长一段时间。”

柏叔越说越大声，大家都静静地等他说下去。

“我一直想，有朝一日一定要把大杂会重新搞起来。当銮舆堂重建完成之后，我当时是堂主兼八和会馆副会长。我就提议重办大杂会。我们这一代人都是苦过来的，所以对大杂会的感情不是一般的深。我九岁登台做戏。日本人入侵之后市面萧条。我当时就一双白布鞋，平时宁愿打赤脚也舍不得穿，唯有上台才穿。那天我过海珠桥，守桥的日本兵要逐个搜身。起初他也没有为难我，还笑了笑摸了我的头。当他摸到我的腰时摸到一个硬硬的东西。他面色一沉，一个手势马上几支枪就全对着我，还喝令我把东西拿出来。我抖啊抖啊把东西拿出来，还不敢快。领头的看到我拿出来的是布鞋时，马上就朝我后脑勺一记耳光，跟着骂了一大串才挥手让我过桥。日本人来了，很多人一下子就没饭吃了。”

扇子在柏叔手里上下翻飞。

“后来建銮舆堂时，所有的人都挑米去。因为那个时期，钱已经不是钱了，米价每个小时都不一样。我们都是约好了时间准时挑米筹资买地建堂。一晃就是几十年，你不要看我现在过得还可以，但好多人生活很艰难。所以我带头重新组织大杂会。没料到演出开始之前我突然肚子痛了起来，浑身冒冷汗。但演出中途换人恐怕影响筹款，只好死顶硬上。演出一结束，我马上打的去医院看急诊，其他的都顾不上了。”

“你不要误会！”

柏叔站了起来拉着我的手。

“我不是要宣扬我自己。我只是做了一件我认为是对的事情。现在已经变成一个惯例。每年八和会馆都会用筹到的款派米派红包。我一定领，但我转手就送给更需要的人。他们都不肯收，我说有得给才是福气啊。他们听了这话才收下。传承关键是传承什么东西。举办大杂会并不是很难，关键是其内涵和实质还有目的，脱离了这些，大杂会就不是大杂会了。至于名字叫不叫大杂会其实已经不重要了。乐善戏院正是因为经常做善事才会从以前的‘西关’改名为‘乐善’的。又好像我们免费教鹏仔和其他小朋友学粤剧，并不指望这里面能出大师或者专业演员，只是想把从前老师所教的保留下来做个种子，等到有合适的机会自然就会生根、发芽……”

还记得那天虽然没喝酒，但我心里一直暖暖的。

韦老师辅导戏曲班的学员练功

寻访猫咪

当我第N次见到香火店的老板娘时，她脱口而出：“你怎么总是下雨的时候来啊？”

2013年就是雨年。我不禁回想起第一次踏上这片土地时的狼狈情景。

暴雨猛烈地敲打着公交车站那并不结实的铁皮顶。刚刚走出新造地铁站的我蜷缩着撑着伞遮挡一阵阵斜雨。一阵背后吹来的横风，伞瞬间翻了差点脱手而出。正当我狼狈不堪地整理雨伞的时候，公交车进站了。

车厢内到处都是水，地面是椅子上也是。雨刷疯狂地刮着，但是仍比不上雨水倾泻的速度。司机站起来，拿起车头的抹布擦除挡风玻璃上的雾气。

透过挂着水帘的车窗，我看到随处可见的断树残枝。因为道路的两旁都种满了树，在广州城里已经很难见到这样的景致了。不久车子停了下来，前面摆起了栅栏还立了一块“积水路段”的提示牌，路旁更是有一块写着“落石路段”的让人多少有点心跳加速的牌子。

司机停了车，开始打起了电话。我坐在湿漉漉的座位上，也不能怪座椅，其实自己又何尝不是从水里出来的呢?

我在想：“为什么要来？”

动念写这本书是因为《广州日报》上的一篇报道。报道上介绍广州曾经有过许许多多的寺庙，其中特别介绍了在沥滘村曾经有一座供奉猫的庙宇。我专程去过沥滘村，可惜踪影全无。正当我无比泄气的时候，《番禺日报》一篇昔日的新闻报道了在化龙镇的沙亭村有一座猫咪庙。我立即就像打了鸡血一样，想去就去，说走就走，置台风于不顾地坐上地铁就杀了过来。

看来，我太小看这个台风的尾巴了。雨渐渐地小了一些，至少雨刮能够正常发挥作用了。透过挡风玻璃，眼前的黄泥水中漂浮着枝条以及各种杂物。

“坐好了！要冲了！”司机大哥放下手机，挂上一挡。车子开始慢慢进入水中，不一会，水就没过台阶，很快就进入车厢。车厢里面倒是蛮欢快的，一位“四眼”帅哥举着手机完全不顾脚下的黄泥水冲到挡风玻璃前拍照。看来，在他们的心中最重要的还是发微博和朋友圈。车子半漂挪动着，黄泥水快要没过司机台时终于停住了……

几经周折，车子终于安全抵达沙亭村站。其实哪里有车站，不过是村委会门前广场的一块铁牌而已。伞在空中乱舞。我蹚着已达脚踝的积水走到车站对面的

财神殿

便利店，瞬间再次变成落汤鸡。放下湿淋淋的雨伞，我拉开冰箱取出一瓶可乐，一边付款一边问年轻的老板娘："请问您知道沙路石猫在哪里吗？"

"什么石猫？不知道。"老板娘愣了一下。

"我看新闻说沙亭村有个石猫庙，又叫猫咪庙。"

"嗯。"店主迟疑了一会，转身去问在屋檐下避雨的其他人。

结论仍然是"不知道"。失望之际，店主指着外面说："村里只有一间庙，沿着大路走，不过不知道是不是你要找的什么石猫庙。"

"远不远呢？"

"不远，很近的，不过今天会难走一点。"

雨势已经很微弱了，但村道坑坑洼洼，眼前看似平地，走起路来要格外小心。就这样我带着感激又疑惑的复杂心情，小心翼翼上路了。路的两边一边是民房，另一边则是菜地、鱼塘。走了百来米，山冈越来越大、房子越来越少。到达马腰岗公园的时候，附近连一间房子都没有了。公园并不大，左边一个篮球场，中间一座凉亭，右边安置着一些健身器材。过了公园，透过围墙我看见一幢庙宇建筑。虽然它有点传统庙宇的模样，但正如牌匾上那金灿灿的"财神殿"三个字一样，一望而能知其新。围墙将面积很大的土地圈了起来。财神殿只占了并不算大的一部分。殿前有一个宽阔的广场。在广场正中的榕树下安放着一间大概半人高的尖顶小屋。过去一点有座伫立着观音石像的放生池。

我继续向前走，过了三岔路口，已经没有建筑物了，一边是鱼塘另一边是清华大学的农业实验基地。再往前就是珠江了，还没有到江边就已经远远地听到轮船的呜呜呜笛声。

我往回直走，雨停了。财神殿正对的铁门已经打开了，广场上停着一辆小汽车。我径直走到榕树下。面对空空如也的尖顶小屋，我突然想起在《千与千寻》中千寻指着路边的尖顶小屋问妈妈那是什么。她妈妈回答那是神灵的家。

榕树下已经成为大水潭了。幸好还有一条砖路，积水将将没过石砖。我慢慢地踩着石砖来到小屋前。石香炉上摆着供品，有苹果也有鸡蛋。这里的香火应该不错，香炉满满的。似乎之前有人来过，一根未燃尽的香在那里杵着，显然香的主人等不及了，大雨浇灭了它。香炉旁边的铁桶里也有烧纸钱的痕迹。小屋的旁边还有一个“社稷之神”的牌位，前面也有一个砖砌的香炉。香同样是插满了。

我从包里掏出皱巴巴的打印出来的那份关于猫咪庙的报道。关键是文中还配了张照片，一切都是对得上的，唯独照片中的石猫不见了。

问题是“猫咪”呢？我离开小屋，四处走走，想找人请教。阳光终于穿过浓云，洒了下来。走到财神殿，殿外有一个巨大的铜香炉。这个香炉虽然大，但是香火没有小屋来得多而密。殿门左侧的砖台上立着一块刻有“番禺区登记保护文物单位——沙路石猫庙遗址”字样的标志牌。

石牌是2011年由番禺区文化广电新闻出版局树立的。这么大块牌立在这里已经两年多了，没想到问路时对方回答不知道，或许石猫庙并不是当地习惯的称呼。跨入殿门，大殿是一间没有窗户、方方正正的房子。殿内光线不足，雨后阳光透过排气扇扇叶间的空隙射入照在神像上，倒有几分神光的感觉。

正对大门供奉的是金身三头六臂的斗姆圣德天后，神像用玻璃罩着，罩里还放着写有捐资兴建者姓名的牌子。在斗姆面前有一个并不大的玻璃箱子，正面粘了一圈又一圈黏糊糊的东西，无法看清楚箱子里面到底是什么，只能大概看到是一尊卧倒的石像。我只能转到侧面，借助于“神光”一窥究竟。石雕是一个四肢不分明的动物造型，仔细观察这就是一只石猫。石猫由麻石雕刻而成，正面是一张圆脸，耳朵的部分已经不见了。稍微突起的圆圆鼻头，两只瞪得滚圆的大眼，还有一张紧闭弯弯的嘴，旁边还刻着几条胡须。石雕采用趴着的姿势，头部下面紧接着身体，身体上刻有山字形的图案代表猫的毛色。四肢与身体连成一体，仅用线条加以区分。尾部紧紧挨着斗姆神像的玻璃罩，所以石猫有没有尾巴不能确定。整个猫像，头高高地抬着，眼神凌厉直射前方，威严肃穆。神像前还放着各色各样的供品。玻璃箱散发着阵阵的腐臭，忽然黑暗中窜出一只巴掌大的蜘蛛，着实吓了我一跳。神龛前还有一个箱子，上面写着“太岁符入口”。地面也是黏糊糊的。

在中间神龛的左右两边各有好几个柜子，分别供奉着财神、天后、北帝以及二十来尊小神像。此后的一年多，陆陆续续增加了吕真君、黄大仙和金花娘娘。

石猫像

在这样一座并不大的庙宇中，供奉了斗姆这位主管太岁、生死的神，再加上两位水神、财神，更难能可贵的是那位我苦寻的猫咪神。想到此我一定要拜拜，虽然完全没有准备，连一根香都没有。

我转身离开财神殿，往下车的公交车站走去。那里是村中心所在，是村里最繁华的地方。但回到刚才问路的小店，老板娘说没有香卖。她往店旁边的村路一指，说了句“在市场旁有一家卖香的”就转过身去收拾店铺了。

我转进村路，迎面而来的是一座刻着“沙亭”二字的牌坊。过了牌坊是一间皮带手工作坊，一位扎马尾的姑娘正带着胶皮手套一根一根地整理皮带的半成品。屋内横着拉了五六条线，一根根皮带就挂晾在上面。再过去一点就是三层高的酒楼，门口的黄狗瞄了我一眼转头继续睡觉。再远一点，有一间叫“惠康茶楼”的残破不堪的尖顶瓦房。店门紧闭，侧门里面有一个人正在用煤炉煨汤，暗红的煤火是黑屋中唯一的光源。正门旁边还贴着一张“危房勿近”的警告牌。

回头一看，原来那座三层的酒楼也叫“惠康”，两者间唯一相

惠康茶楼

同的就是这俩字。

老茶楼的牌匾挂在大门的正上方。年久失修的她已经斑驳褪色，牌匾上的制作年代仅仅剩下“年”、“春”一红一黑二字。“春”字下方的方章繁体“美术社造”几个字以及茶楼名号前的图标，叙说着这是一件有年代的物件。

往村子里走，我发现这种新旧事物交替并存的情况比比皆是。她并不像某些村落那样修旧如旧，也并非成片都是新或旧，而是交错交替各有各的状态。

在村口有一幅铁板画，讲的是安全用电的事项。人物形象生动之余，最重要的就是底下那繁体“化龙供电所制”几个字。多年来的雨打风吹，铁板锈迹斑斑，上面的人轮廓依旧、色彩斑驳。

岔路口的“云记”还是用一块块木条闭锁着门窗，“广州市亚洲汽水厂经销点”的牌子透露着她的光辉岁月。

走着走着，我发现这里不仅有砖瓦的老建筑，也有崭新的好几层高的新楼房，更有好几座有着锅耳墙的大宅。在文华二巷1号就有一座这样的大宅，与身后四层高的钢筋水泥建筑物相比，气势上并没有输多少。但这座在村中见到的最大的老宅中，门是敞开的，大梁是塌的，地面上杂草丛生，一片凄凉景象。不只是这间如此，在我见到的所有老大宅的情况基本上都差不多。好一点的租给外地人住，情况糟糕的已经坍塌或者无法居住。大多数本地人都住在三四层高的漂亮小洋楼里。新旧楼房就这样穿插在一起。

村子并不大，我用了十分钟又转回到惠康茶楼。经过路人的指点，我走进了位于两座“惠康”楼之间的小路。在路口有一间瓦顶砖墙的理发店，店面大概也就几个平方。紧闭的铁皮门上挂着一个牌子，上面写着“周六周日开门理发”。

过了理发店，延着小路转了个弯，就来到一片覆盖着铁皮遮阳棚的开阔地。棚下整整齐齐摆放着一张张空空如也的案台。一地的烂菜叶和空气中弥漫着的浓烈肉腥味，使我确认这就是刚才杂货店老板娘说的那个市场。

香火店就在市场的侧面。店很窄但是很深，没有开灯，只有尽头天井里洒下一点点阳光。一位女士正在埋头整理。我走进店里，双手合十打了个招呼。女士放下手中的活迎了出来。她中等高，清瘦，戴着眼镜，扎着马尾，看上去大概三十左右，给人干练麻利的感觉。店里到处摆满着各种纸钱、香烛等物品，只留下一条窄窄的通路仅仅够一个人穿行。

她笑脸迎来，“要点什么？”语音轻柔，酒窝迎人。

“我们村不是有座猫咪庙吗？我想去拜拜，不知道要准备一些什么。”

“怎么这么晚才来拜猫咪？你是本村人吗？”

“不是，我是看到关于猫咪庙的报道从广州过来的。”

“哦，猫咪平时是在正月十六拜的，不过你有心从那么远的地方过来拜，也可以的。”

“我刚才找到了，就是不知道拜猫咪要准备一些什么。”

“我这里帮你准备一份烧的，另外你还要准备一些东西。”

“对了，猫咪是管什么的？”

“我原来一直在外面打工，现在是因为小朋友读书才回来帮忙，所以具体的并不是很清楚。像我家婆她们这些老人家会清楚点。经常听来买香的人说猫咪是管是非的，我也不知道是不是真的。但是很多人拜猫咪是为了避免是非，他们去拜猫咪一定要准备肥猪肉，越肥越好，还有用糯米做的薄撑和生鸡蛋。”

“为什么呢？”

“你想啊，糯米做的黏性很大，加上鸡蛋肥猪肉黏性就更大了，用这些东西来供猫咪，就会粘住猫咪的嘴，就不会招惹是非了。”老板娘边说边比画了起来。

这不就和供灶王爷的很像吗？我下意识摸了摸包里打印出来的报道。刚刚在核对猫咪庙的时候再次看到那几个文字：“四周尚存零星蛋壳。”

“其实拜神程序不一定是固定的，关键是看你自己习惯用什么样的方式跟神进行交流。各地的风俗都不一样。我们村是初九拜，外面广州是初八拜。拜的东西也不一样，之前有人在这里拜太岁，那人就说他老家的风俗跟这里的不一样，我就按他的习俗帮他准备。其实不是生意的问题，一个人按他认定的方式心就会诚，就容易跟神灵沟通。”

老板娘的一席话把我拉了回来。

“谢谢！那请帮我拿一份吧。”倒好，我没有拜过猫咪，所以自然也就没有包袱。

“好的。”老板娘边说边干，很麻利地就收拾好了一份祭品。很厚的一叠，有纸钱有金银衣纸也有一堆的符咒，最为特别的是有一只纸做的白老虎。

老板娘还为我示范了烧的先后顺序和具体的方法。就在翻动中，我看到那一叠五颜六色的符咒中画满了小人、口舌等等这些世人常常遇到的烦恼。

她用一个袋子装好递给我，“一共五元。”

“好的，多谢了！”我边掏钱边问，“那附近有没有猪肉、薄撑和鸡蛋卖呢？”

“你来得太迟了，这里的市场有点像天光墟，不到中午就散了，要买肉就只能明天趁早了。薄撑也是在自己家里煎好趁热拿去的。鸡蛋旁边婆婆那里就有得卖。记住一定要先拜榕树下的‘宫’，虽然猫咪现在不供在那里，但那是最灵的地方。”

我连声道谢之余不禁还是有点失望，至少并不完美。

老板娘笑着安慰道：“这么大的雨你都过来找猫咪，还是很有诚心的，供品少一点没有什么关系。”

告别老板娘后，我来到香火店旁边的另外一间店。这是一间粮油杂货店。店中坐着一位满头华发的老婆婆。她见我只要了一枚鸡蛋，不解地问：“怎么要这么少？”

我笑了笑，“我去拜猫咪，要一枚鸡蛋就可以了。”

“这个时候拜猫咪，真是少见，一般都是年头拜的。”

“是啊。”我应答着道谢离开，重新向着猫咪庙出发。

回到猫咪庙的时候，已经是阳光普照。按老板娘的指引，我来到四面环水的宫前深深地拜了三拜并上了一炷香，然后才到财神殿上香，并将唯一的供品一只鸡蛋放在石猫的面前。

刹那间，我明白玻璃罩上那散发着浓浓臭味黏糊糊的东西是什么了。可这种拜猫咪的方式是对的吗？

仰望天空，一朵一朵的云轻轻地飘过。我又陷入了迷惘中……

村里昔日大户人家

昔日安全用电宣传板

遥指眉山

对还没有放弃寻找海云寺的我来说，到海幢寺寻访是我最新的一次尝试。海幢寺如今海珠岛上唯一的佛寺，其实原来并不孤单。

而今，昔日的海珠石（“羊城三石”之一）已经化为长堤，更甭说在其之上的慈度寺了。晓港公园的前身是岸庵（后易名为“是岸寺”），在民国期间被改为弹药厂后毁于爆炸。同福中路上的红十字会医院有相当一部分土地来自于已经湮灭的海幅寺。

海幢寺是海珠岛上最大的寺庙，更是广州的五大丛林之一。往日全盛之时，她与海幅寺和伍家花园、万松岭、宝岗为邻，直抵珠江之滨。乾隆、嘉庆、道光年间一再成为两广总督指定专为外国商人游闲消遣之地，从而扬名海外。

还是在那场清末的庙产兴学运动中，“群学书社”迁到海幢寺园照堂，易名为“南武公学会”。

“‘公学会’在园照堂附殿开设课堂，招收‘公学会’同仁子女共12人就读，取校名为‘南武两等小学堂’。这也是广州历史上第一间男女同校学习的学堂，是南武中学的前身。”（摘自广州市南武中学简介）

“民国初，广州市警察局海幢分局和市政电话所均设在寺中，军阀李福林强占部分寺地作军部。后当局推行市政建设，开辟南华、同福等马路，海幢寺址被一分为三，南武中学、警察局等从海幢寺分割出去，寺僧移居东隅一角，寺院边缘部分也逐渐废为民居，寺院范围逐渐缩小。1926年，因市政建设需要，当局决

海幢寺

议将海幢寺按佛式公园风格改建，命名‘河南公园’，1933年改名‘海幢公园’，成为市民休闲娱乐场所，大雄宝殿、金刚殿、观音殿等部分庙貌虽有保留，但香火日渐式微。”（摘自海幢寺简介）

虽然简介上只是寥寥数字，但实际的情况来得惊心动魄。在大佛寺图书馆馆藏的民国年间的佛教刊物中，就能查到当时广州佛教界是通过奋力抗争才保留下几间大殿。就连附近公交车站牌上仍旧是“海幢公园”字样，尽管从公园重新变回寺庙已多年。

明季高僧天然和尚在修建海云寺后曾经在海幢寺任过住持。他在广州本地就能延伸出无着庵、海幢寺等多条线索。这对于四处碰壁的我来说实在是太重要了，虽然自知希望渺茫也要尽力试试。

历经多次演变，海幢寺的布局受到了很大的限制，使得她与光孝寺的布局迥然不同。光孝寺是大雄宝殿、各侧殿沿中轴线大体上按对称分布。而海幢寺则是不对称的。中轴线上先是天王殿，供奉着弥勒菩萨、韦驮菩萨以及四大天王，后面就是大雄宝殿。一进寺门右侧有一排侧殿，里面分别供奉着观音菩萨、六祖惠能、地藏菩萨等，还有一系列办公室。而另一侧，则是方丈室以及园林布置，有长廊，有盆景区，也有奇石区。

拜佛后我围着海幢寺转了一圈，熟悉的见寺不见僧的情景又再度出现了。我反反复复地转，终于在方丈室前的回廊上遇见了一位和尚。

“那要在瓦片上写名字吗？”

“不用写名字。”桌子后面的胖胖的和尚回答着刚才那位穿着时髦的女郎问话。

“不写？那怎么知道是我捐的？”她低下头来喃喃自语。“好吧，师父，我过一会再捐。”还没等和尚回答，她就自顾自地走了。

“唉，为什么要在瓦片上写名字呢？”等她走远了和尚轻叹了一口气。

我上前行礼，和尚起身还礼。说明来意以及简要介绍我寻找已经消失的庙宇的经历后，和尚笑了。一边请我坐下，一边开始从桌子下方的抽屉里拿出电磁炉、茶壶、茶杯，倒水准备沏茶。我还没有搭上手，他就三下五除二地摆好了。他介绍说他叫会贤，让我等一等说要拿本书送给我。过了几分钟，他从方丈室取出一本林剑纶、李仲伟两位老师所著的《海幢寺》送给我。他特别关心海云寺的遗址怎么去。他此前也试图寻找，但亦是无功而返。

当我正向他描述如何上雷峰山时，刚才那位时髦女郎又折了回来。

“师父，您好！我捐块瓦。”声音蛮温柔，表情很僵硬。和尚请她在收据上签名。女郎将收据小心谨慎地折好藏入包中，心满意足地走了。正要接着聊下去，和尚的手机响了。原来下午他还有事情要处理，我不便打扰。于是我们相互交换了电话号码，约了一周之后早上十点在海幢寺等他完成早课后继续聊。

烟雨迷蒙之中，我又来到了海幢寺。只是早到了一点不知会贤师父完成了早课没有，不敢打扰。徘徊中突然看见一队僧人列队从大雄宝殿走来，为首身穿黄袈裟头戴金冠，其余人分成两列紧紧跟随，有拿金锣手鼓的，也有持法杖的。队伍走入一间侧殿，戴金冠的大和尚居中跪在拜垫上向佛像行礼，其余的和尚分列两侧负责转轮、敲锣、打鼓、敲木鱼。我尾随到侧殿，看着看着突然发现会贤师父正在里面披着袈裟敲锣诵经。

仪式已经进入尾声了，不到五分钟大和尚站了起来转了几圈就带着大家走出侧殿，仪式结束。我向会贤师父合十鞠躬。师父笑着还礼，说："来了，稍等一下，我去换个衣服。"

恭敬不如从命。僧舍位于斋堂楼上，我在门口静静地等待。时间尚早，斋堂还没有开门，工作人员端着一筐筐斋菜走进走出。斋堂旁边张贴着告示，大意是目前核桃、杏仁这类坚果奇缺，希望信众能募捐坚果给海幢寺。

殿前广场回廊以及远处的方丈室

我还在看告示，会贤师父就已经下来了。寒暄过后，师父袖袍一挥，引领我向方丈室的方向走去。方丈室前的长廊坐满了端着盒饭的信众。走廊的尽头，几位身穿灰布衣服的义工正在向信众派发斋饭。斋饭比较简单：热腾腾的米饭、泛着油光的包心菜以及一些其他的菜。走廊的边上设有长长的石椅，供信众休息。外面飘散着零星小雨，大家挤在一起。走廊里还有一张长桌，此时上面摆了许许多多的饭盒，洒落着饭粒和菜渣。师父笑着拿起一个盒饭问是哪一位的。一位腰都直不起来的老婆婆慢慢站了起来回答说是她的。师父把饭盒送到老婆婆手中，扶着她轻轻坐下温声细语地说："阿婆，这里不能放饭盒的，我要整理一下招待客人。"随后师父整理桌面，拿出茶具准备烧水沏茶。

虽然仍在下雨，前来领取斋饭的信众还是络绎不绝。在广州，每逢农历初一、十五，到寺庙里进香的人都特别多。光孝如此，六榕如此，海幢亦是如此。为了让信众能很顺心方便地吃上一顿斋饭，各大丛林都花了不少的心思。不久前到光孝寺寻访线索，转着转着我看见在功德楼对面放生池旁边的空地上支起了帐篷，篷内摆起了摊，两张桌子上摆着一大方盆腐皮炒木耳、一大方盆炒青菜以及一大铁桶紫菜汤，两位女义工就伫立在这方寸之间，手里的两个大铁勺忙得停不下来。在桌面上还放着一个功德箱，上面贴着一行用电脑打印出来的字“五元一个盒饭”。那天人虽然很多，但投钱取饭秩序井然。烈日当头照，斋客们挤在树荫下闷头吃饭，完全不管头上的知了大合唱。

刚才在过来的路上，我就问了师父：“海幢寺天天都是这样派斋饭吗？”

“不是，初一十五来拜佛的人很多。有很多人是从很远的地方赶来的，很累，中午吃饭也是一个问题。寺里向他们提供斋饭，可以让他们填填肚子有个地方歇脚。平时就只会把我们分剩下的斋饭拿出来方便信众。”

“不收钱吗？”

“在桌子上和旁边都有功德箱，大家吃完随便放点香火钱表示一下心意就可以了。”

桌子上透明的功德箱里，大概满了一半。信众们有些将斋饭打包带走，有些则是在寺院里找地方坐下慢慢吃。正出神时水壶盖跳了起来，师父沏上普洱，从抽屉中拿出白瓜子和松仁，正准备开始聊天。

“快，讲南无阿弥陀佛！”一位妈妈怀抱着一个两三岁的小男孩走了过来。

“南无阿弥陀佛！”小男孩的童声细语引得周遭的人都笑了起来。

师父也笑了，抓起一大把松仁递到小男孩手心里，“来，拿着。”

“不用了，师父您留着自己吃吧。”年轻的母亲连忙推辞。

这把松子已经占满了男孩的一双小手，师父还没有停下来。他紧接着把松仁和白瓜子分别倒了小半袋在台面，余下的两大半袋都塞到了小男孩的怀里。

“师父，真的不用了，还是您留下来吃吧。”男孩的母亲赶紧劝阻。

“没事，我这里还有很多。”

四五个来回后，终于在小男孩的“谢谢”和“南无阿弥陀佛”声中结束了这场“纷争”。师父笑着送他们离去后对我说：“佛门最讲戒律，并不是说具体做了某一件事违反了戒律，只要是动了念头就是犯戒。比如说刚才的瓜子我只要动了占有的念头就是犯戒。赠给有缘人是一件乐事！”

茶叶放得很多，茶汤已成黑红色。师父冲茶的手法也很讲究，和潮汕工夫茶的冲法倒有几分相似。

我们是因为海云寺而结缘，自然话题就从此开始了。

“海云寺到底在哪里啊？你说的那个地方我没有找到。”

“您去了？”

“是啊！有一位伍居士，她正好就是陈边村的人，前几天她带我去的。”

“那您有没有看到医院后面的那座小山呢？”

“有啊！但是我们都觉得那座山太小了不大可能，就一直往里面走，转了大半天也没找到。”

他笑了我也笑了，原来大家的境遇是那么的相似。

“是不是养鸡场后面那个山头？”

“是的。”

“那改天我一定要再去找找看！”

“这几年消息很乱，一会说搬到余荫山房的预留用地进行异地重建，一会又说原址重建。不过也是两难，原地重建前面已经是医院，四周都开发了，环境气场跟当年完全不是一回事了；异地重建又好像总是欠缺了点底蕴。”

“其实不必纠结。对于佛教来说首先就不要有区别心，既要弘扬佛法也要尊重当地人的习俗和实际情况，才能顺利地弘扬佛法，这才是目的所在。”

师父给我续了一杯茶，又塞给我几颗松仁。

“您在这里有多长时间了？”

“我在这里23年了。”

“您是在这里受戒吗？”

“我是在光孝寺受戒。我原来是在韶关乳源的云门佛学院读书，然后就过来这边。”

“您当年是怎么想进佛门的？”

“这个是因为因缘。我们家族都有这种因缘，从外婆到母亲都是吃斋念佛的。我小的时候病多，背上长了一个很大的疮疖。我们当时是住在山村里面，要出到城都很远。割了以后又发炎，很辛苦的。我记得很小的时候，我母亲跟我说过，她从山里面背我出来，后来换我父亲背，一路走我母亲一路哭。当时发炎很严重，要休养很久。后来就到我外婆那里休养。我外婆信佛，就送我到家乡寺庙里休养。16岁从云门寺毕业后，我才真正剃发出家。”

“佛学院的生活是怎么样的？”

“平时我们都是读书，周六日帮师父打柴，为寺庙做一些力所能及的事情。都是这样的因缘，感觉寺庙很安静很亲切。”

……

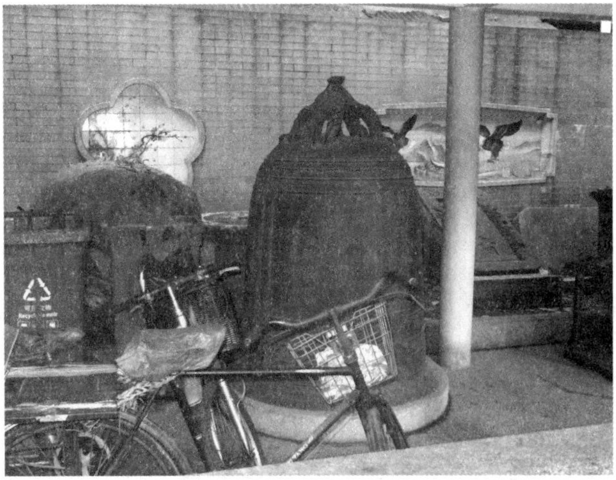

海幢寺内尚可喜铸于清代康熙年间的幽冥钟

幽冥钟铭文

海幢寺文化长廊一角

时间转瞬即逝。将近十二点半还没有吃上饭又喝着生普的我，肚子越来越饿了。我不自觉地就拿起桌面上的白瓜子吃了起来。白瓜子入口时散发着淡淡的清香没有一丝杂味。会贤师父笑了：“饿了吧？等等，我这就去拿斋饭，我们就在这吃。”说完不由分说起身就走。

不一会儿工夫，他大步流星捧着两个盒饭过来了。我赶紧迎上去。

“快吃吧，吃完再说。”

盒饭都是一样的。虽然是斋饭，但是食材丰富，有辣椒、茄子、腐竹、豆干、木耳、花生、核桃仁、胡萝卜、大白菜、松子。斋菜油多味重十分下饭，很快我们就风卷残云了。我看着师父发福的身材，或许这就是其中的原因之一吧。我正要帮忙收拾，师父笑着说：“你不熟悉，还是我来吧。”

……

“不过也是，希望海云寺能早日重建，好像整个番禺区都没有什么佛寺。”

“不会啊，番禺区现在有两座寺庙了。一座在莲花山，另外一座是眉山寺。不过眉山寺现在还没正式对外开放。”

“开放还分正式和不正式的吗？”

“一定要得到宗教事务局的批准备案，才能正式对外开放。我知道眉山寺对外申请了十年，现在差不多可以正式对外开放了。”

……

下午的海幢寺迥然不同，淅淅沥沥的小雨下在空空荡荡的寺院当中。老人家们早已吃完斋饭回家去了。分别的气氛也带着这种余味，师父很热情地和我握手告别，说有空来海幢寺找他。随后他回到长廊里坐下当值。

我边走边回味刚才聊天的最后一段话。

“师父，如果让您去建一座佛寺您会怎么做？”

“我一定会以丛林的标准来建寺。另外我还想在佛寺的旁边建一条‘弥勒村’，免费让老人住进来安度晚年。看看有没有有缘的人供养，有钱的出钱，没钱的出力做义工帮助佛寺做事情。这对老人家来说是美好的事情，也是积福报。有这个想法，不过就看能不能遇到这样的缘分了。”

……

“你知道吗？眉山寺正式对外开放了！他们申请了十年终于对外开放了！”

这是半年后，会贤师父见到我讲的第一句话，讲得是那样的欢欣雀跃。我笑了，我要到眉山寺看一看。

眉山新生

这就是眉山寺?

眉山寺并不难找，顺着新光快线一路到底再转入东环路上的黄编村就到了，比起去化龙镇的猫咪庙要方便快捷很多。再次印证了那句话，只要路好走，天涯变咫尺。

黄编村与大部分广州城里的城中村大同小异，临近市桥的她早已搭上城市化的快车。村里密密麻麻的房屋、良好的水泥路面，实在和大家心中那个“村”的概念大相径庭。

眉山寺所在的街道是一条食街，来自全国各地的口味这里几乎都能找到。临近中午时分，饭店门前停满了车，生意肯定很红火。

已经来到山门前的我有点难以置信，那些和佛教没有关联的瓦脊、灰塑、壁画，让她看上去更像一座乡村祠堂。顶上的清代壁画依然清晰可见。壁画里的人物头顶官帽身着长袍马褂，举止文雅。笔法细腻，画的尽是当年人的起居生活。只是与佛教并不能看出有直接的联系。不过那醒目的“眉山寺”三个大字以及笑容可掬的弥勒菩萨，还有悬在菩萨头顶上的那一个又一个的塔香以及散发出来的浓浓烟雾，告诉我这就是眉山寺。

在山门的左右，分别挂着用镜框装裱起来的手写已经泛黄的《眉山寺简介》和《前言》。

文中写道：“《番禺县志》载：眉山寺始建于明代正德元年（1506年），乃

眉山寺山门

官至福建省樟［漳州］龙岩书院府训导、大学士苏东坡后裔苏近斋（苏瑄）所建，故以东坡原籍眉山为寺名。”

优美的文字，描绘了一幅人间仙境般的景象：“寺院座［坐］南向北，背依山岗［冈］面临进村大道，山门之左有‘松风水月’，右边是‘白石书山’，均乃文人会集之所。寺院西侧栽有四百余龄之佛门圣树——菩提，菩提树下有一口水质甘冽［洌］的古井，井外有木香、杨［阳］桃、连枝巨榕等多种林木呈华盖之荫。寺院后有花园、荔枝园、花果山，寺门东侧有放生池，正对面是口荷叶摇拽［曳］荷香飘泛的宝莲塘。

“眉山寺始建之初以形成其简洁古朴之风貌，故虽不见殿角飞檐撩云拨月，高宇雄奇；虽不见巧匠奇雕，龙盘樑［梁］柱；虽不见高山流水，幽径通峪，然眉山寺却独具气韵，小院禅静，方寸净土诚存慧海灵光，倍显圣明，故五百载峥嵘历变，依旧松明山青香火日盛。”

在文中，特意提到：“只可叹近数十年间眉山寺曾遭劫难，落得满目疮痍，空留残舍面目全非！”

寥寥数语，难掩心中之痛。在那段动乱的日子里，连六榕寺这样海内外闻名的古刹也被占作仓库，除六祖铜像外，全部佛像被毁。大浪来袭，覆巢之下无完卵。

“幸得村中有心之人适时聚议，大力倡修。此番修葺在各方支持众人合力之下，终使眉山古寺恢复如昔再现佛门圣地之庄严静雅。

“正殿供奉观音坐像，左有文殊右有普贤，两旁是十八罗汉，对面乃护法神韦驮，山门前是弥勒笑佛，僧厅塑东坡居士像，殿宇建筑凸现明代风格，壁上有保存完好的清代壁画，院内有五块原完整无缺颇［具］历史价值的重修碑石。”文中介绍了修葺后的眉山寺的基本布局设置情况，落款日期为“一九九二年秋日”。在经济刚刚起飞的90年代，光新建的占地面积达200多平方米的大雄宝殿就花费上

眉山寺大雄宝殿

百万，能有这样的规模实属不易。

正当大展拳脚时，国家出台有关宗教政策，规定民间宗教活动场所必须经过合法登记才能正式对外开放。番禺区政府于是与黄编村接触，希望将该寺纳入管理。可是出于种种考虑，村里一直不同意，就这样十多年过去了，一直无法取得实际性进展。

2006年，眉山寺以一种出乎意料的方式重新吸引了大家的注意。

《信息时报》2006年2月14日报道：

“‘得而不喜、失而不忧，买彩票，能不能中奖并不重要，重要的是已经对社会有了奉献了。’昨日下午，广州佛教圣地——番禺眉山寺高僧法能法师，在广州市福彩中心接受时报记者独家采访时如是说。

“偶尔买买福利彩票的法能法师，幸运地中得了前日晚上第06016期双色球二等奖，获得奖金8万余元。法能法师表示，中奖对于他本人来说毫无意义，奖金将全部用在他助养的7名困难家庭子女身上。”

但这条暖人心的正能量信息，没能将眉山寺带来转机。

渐渐地，眉山寺以另外一种形象见诸报端。“佛台厚积灰尘，蜘蛛网爬满佛堂梁柱……这是番禺眉山寺200多平方米大雄宝殿的现状。由于未经政府宗教部门认可，此宝殿关闭长达5年。”情况一直到2013年才得到改变，广州市佛教协会接手并完成登记手续。2014年眉山寺正式对外开放，老寺重获新生。

“菩提树与佛祖”石碑

眉山寺是一座非常独特的佛教庙

宇，这种独特一进山门就能体会到。在开怀大笑的弥勒菩萨的顶上挂着排列整齐、为数众多的塔香。每一个塔香的正中都会挂着一张吊牌，上面书写着进香人的姓名。塔香实在太多了，站在门口放眼望去昏暗的光线加上熏眼的浓烟实在看不清楚到底是四排还是五排。

虽然是大白天，但墙是黑的、灯是灭的，只有洒在弥勒菩萨身上的那一丝阳光，给这个半密闭的空间，带来一点点的光亮。佛像前的地面上随处可见落下的香灰，虽然两边的排气扇已经在非常卖命地工作，但效果并不明显。浓烟不断地刺激着我的喉咙和眼睛，唯一能做的就是深深吸上一口气赶快给弥勒菩萨上香，然后赶紧换个地方。

在弥勒佛像左右，被烟熏得如同黑炭一样的墙壁上镶嵌着历次重修碑记。黑色的石碑蒙上了一层灰，字迹已经相当模糊了。一块石碑能看出是同治十二年，另外一块则看不清楚。简介中介绍院内有五块原完整无缺颇具历史价值的重修碑石，我已经迫不及待地想见到其他的石碑。

弥勒菩萨的背后就是韦驮护法，由于室内空间非常有限，这里就没有和通常的天王殿一样供奉四大天王。在韦驮护法的面前，是一个天井，洒进阳光，透着风，香炉旁边的香油灯那微弱的灯火，也随着风一闪一闪忽明忽暗。

天井中的香炉，是殿内唯一能插香的地方。特别的是香案，只要你看上一眼就明白，这铁皮的身躯、方正的外形、高耸的烟囱、占去天井一半的体积，分明就是餐馆的一体式灶台。上面陈年的油渍还清晰可认，“灶台”上方那两个乌黑发亮的抽风机静静地在渺渺香烟中休憩。

在天井的尽头，有几级台阶，从这儿上去可以算是正式进入观音殿了。但殿前的牌匾同样也会让你大吃一惊。“大雄宝殿”？可殿正中是观音菩萨，左右是文殊菩萨和普贤菩萨，两旁是十八罗汉。而一般大雄宝殿都是供奉释迦牟尼佛。大雄是佛的德号。

观音顶上悬挂着“大海慈航”横匾。据《番禺县志》载，明代高僧南华寺住持憨山德清大师，曾驻锡于眉山寺。这“大海慈航”四字就是大师墨宝。

眉山寺内的老榕树

虽然说一般的寺庙也不会灯火通明，但是这里的灯光实在是太暗了，天井洒下的阳光也没有提升多少亮度，只有一点点泛黄的灯光照在菩萨和罗汉像上。但也能看出几尊菩萨像都很精美，只是地方狭窄神像较多，多多少少显得有些拥挤。在右侧菩萨像前还有一座圆锥形如同小山一样的光明灯，供香客点灯祈福。半边的菩萨都被挡住了。

由于这里并没有大量焚香进供，空气和墙壁要好上许多。

“大雄宝殿”的牌匾下拉起了红绳，使香客不能随意进出殿内。红绳的前面是跪垫和香火台，香火台上放着一筒签，难道就是传说中的观音灵签？跪垫的正中，一对青年男女非常虔诚地跪在上面，手持签筒，不停地摇，口中念念有词。一摇没有，二摇也没用，握住签筒的男生加大了力度和频率，签不停地撞击签筒发出响声。“叭叭叭”一连三声，三支签几乎同时掉了出来。男生女生对看了一眼，想拾签但又不知道究竟是哪一支先落地。

“那支那支，就是你脚下的那一支。那支最先落地。”

在红绳的另一头摆放着一张小桌子，桌旁还放了好几个功德箱，桌后坐着一位身穿土黄色僧衣略显清瘦的僧人。刚才那话就是他说的，语调急促而且十分肯定。

男生拾起签站了起来，扶了扶女生，一起走到桌子前，把签交给师父。

师父接过签，看了看，慢慢地说："你们抽中的是第九十九签。"然后不紧不慢地从抽屉里拿出一本几乎快要翻烂的签书。或许是对抽签的结果十分地在意，两人时不时相互对看显得有点紧张。

"你们抽的这支签是下签。"

师父的话音刚落，女生就直接把头转到韦驮菩萨的方向去了，目光在天井中漫无目的地扫射。

男生的手在桌子底下用力握着她的手，拉住她。

"其实签没有好坏，它只是说你现在身处这样的处境中，提醒你应该去如何处理。"

男生点了点头，女生继续扫射。

他们在那里度过了漫长的十分钟，彼此窃窃私语。

师父摆了摆手，指了一下桌子旁边的功德箱。男生心领神会将钱投入箱中。之后他们就手拉着手到别的地方去了。而师父也端起茶杯加茶去了。观音殿中，就剩下我一个人了。这可以让我更方便更直接地观察这座历史悠久的古庙。

观音殿旁边还有一个小殿，没有挂牌匾，昏暗几乎没有什么光线，里面放满了一个个木刻的先人牌位。功德堂的外面有一条行廊和一间杂物房。行廊中有一棵大树，正当我发出感叹好大一棵桂花树的时候，身后有人笑出了声。

"这哪里是桂花树啊？它是阳桃树。"

眉山寺侧殿旁的文物

正值花开时节，满树小小的花儿。阳光洒下来，一片金灿灿。

走出行廊，外面是一个空阔的院子，宽敞、透亮、绿色，特别是那几棵古树尤为养眼。正对着行廊的就是那株在简介中提到的“四百余龄之佛门圣树——菩提”。树实在是很高，我走到三四十米开外才将整株树纳入镜头。如今树上挂了个牌子，上面写着“许愿树”。密密麻麻的红色许愿布条扎在树前的铁栅栏上，还立了一块名为“菩提树与佛祖”的石碑。镜头里的菩提树绿中带红倒也热闹。

树下靠着围墙的地方放着一排石碑。走近一看，最靠近观音殿的一块碑上刻着“苏氏大夫祠”的字样，上前细看依稀能认出“道光□□重修”以及“谢天□书”的文字；还有一块碑，可惜碑文已经斑驳，只能看到碑名几个大字“重修文武庙助金碑记”；还有好几块石碑，上面刻着“某某祠”的字样……这些都是极为珍贵的历史记忆。

但这些石碑就这样在户外风吹日晒雨淋。当时正值清明时节，石碑上放着各种各样的祭品，有插了香的砂糖橘、白酒、鲜花，只要有石碑的地方都放满了祭品。可见本地的父老乡亲还是惦念着往昔的祠堂和那共通的“苏”字。

最快乐的，定属身在其中的硕鼠们了。这里食物丰富，又没人伤害它们。它们完全没有怕人的想法，就直挺挺地站着，双手捧着花生米，优哉游哉把食物啃个不停。我真想弱弱地问一句：“老兄，你到底是老鼠还是松鼠啊？”

菩提树下还立着一块碑，上面刻有“龙泉古井”字样，就在碑旁一块厚重的石板严严实实压住了昔日水质甘洌的古井。

刚刚在观音殿中解签的师父端着茶杯走了过来，远远地看着正在拍照的我不说话，就静静地站在那里，眼睛却一直追踪着我。

我赶紧走了过去，双手合十行礼，师父还礼。

“师父，我在拍那些石碑。请问您知道这些石碑的来历吗？”

“具体的我也不是很清楚，我刚从顺德过来眉山寺不久。好像是以前留下来的。”

“这样放着不大合适吧？”

“听说村里还要修一个纪念馆，到时应该会移进去。”

就在师父的背后，有一个路标，左中右分别写着观音殿、大雄宝殿和骨灰楼。

不是已经有“功德堂”了吗？怎么还有一个骨灰楼呢？

师父解释说，那是村里面的，只有村里的人可以放进去。

远远地一位中年妇女走了过来，跟师父打起了招呼：“吃饭了没？”

“差不多了。”

随意的言谈就像是很熟悉的人。师父介绍说，她是本村人，在眉山寺工作。

广场的尽头有一道铁门，直通外面的马路。一路走去，依次是法物流通处、皈依法务办公室、太岁殿以及土地庙。

在太岁殿和土地庙的对面是昔日的连枝巨榕，据说是为纪念苏东坡而植，历经了百年沧桑。巨榕的根部被水泥制成的台阶保护起来。树很高很粗，台阶围得也很高。登上台阶顶上的平台，腰已经基本不能伸直了。十余辆汽车停在树下享受着炎炎烈日中难得的荫凉。

沿着路标所指的方向，来到大雄宝殿的梯阶前，雄伟的宝殿已经近在眼前。上到殿前的广场，这里有香炉却没有香灯也没有火种，我不得不重新下台阶到土地庙借火。

进香之后踏入大殿，眼前的一幕是我从未见过的——三尊未完工的木制佛像。大殿内空无一人，没有栏杆，我走到佛像的下方抬头几乎是九十度仰视。佛像分为头、身、底座三个部分，头部已经完工并完成贴金，眼神慈祥使人心情宁静。除了头、手掌和底座是整体雕刻以外，身躯都是由一小块一小块的木块组合而成，木块之间用木榫连接而成。木质很新，呈淡淡的米黄色。底座上雕刻着莲花等带有佛教标志的图案，那种精美尽管还没有上油漆也能看得出来。虽然这是难得一见的景象，但我实在是没有勇气拍摄下来，只能将它牢牢地刻印在脑海中。

“竹溪苏公祠”石碑

在最左边的佛像的胸部，有几块木块已经开裂，拉着十多厘米的口子。虽然对于数米高的大佛来说，这点瑕疵不算什么，但我不免还是有点担心。大殿后面林荫茂密，潮湿温暖最适合昆虫生长，它们会不会破坏佛像呢？我带着满腹的疑问转身离去时，看到在大门的两侧分别放着一尊已经完工大概只有一米多高的小一点的佛像。

“你在哪里啊？你说你在正门，怎么半个多小时，我都没有看到你啊？”

……

“啊！你在大佛寺啊！你怎么去大佛寺了？我在眉山寺啊！我昨天不是已经跟你说过我到了眉山寺了吗？”

……

“来这里已经有一年多了，好了，没关系了，那你过来找我吧，我在眉山寺。”

一位穿着灰色僧衣的和尚一手举着手机，一手摸着头，在殿前的广场上边讲电话边走来走去。

之前提到的简介，是1992年重建时写的。眉山寺重新开放后，在大广场上支起了新的简介。我认得他，他就是简介上介绍的大佛寺住持耀智大和尚的弟子，原大佛寺的知客现任眉山寺的住持——如心法师。我一眼就认出来了，虽然他比起照片上似乎又胖了一圈。

如心法师总是风风火火。记得第一次探路的时候，就见到了他。

“我准备在这里摆上弥勒菩萨和四大金刚的石雕，这样广场就不会很空。”我远远就听到了兴奋的如心法师以极大的音量在高谈阔论。那天，半个多小时里，法师和他的同伴们不停地比画着，讨论放多大的石雕、放在什么位置，乐此不疲。

合十行礼过后，我开始请教心中的疑惑，如心法师双手环抱胸前静静地听着。

“我看到大雄宝殿里的佛像还没有完工，是不是等待向信众募集善款？”

“这是其中之一。一方面我们想多筹集一些善款再来贴金，另一方面这些佛像都是用新的樟木雕刻的，刚刚回来没有多长时间，再放一段时间才贴金会比较好。”如心法师轻轻地皱起眉头，语速就像是机枪吐子弹一样，快且脆。

“我看到有一些木块已经开裂了，有问题吗？”

“这个没问题的，新的木头水汽比较大，放一段时间干爽一点，会有点开裂，问题不大。等正式贴金的时候，还需要重新打磨修整，到时修补回来就可以了，没什么大问题。”

“上次我来的时候，听到您跟其他人说要在广场里摆上四大金刚……”

“现在不摆了，这里的地方比较小。”

如心法师说话与会贤师父是两个完全不同的味道，一快一慢，一激昂一温柔。但我还蛮喜欢他这种爽快的风格，正想继续深入话题，如心法师的手机响了。他急忙说：“不好意思！我正好在等个人，有机会以后再聊吧。”说完立即转身离去。

也是，眉山寺的重新开放还有很多事情要做，够他忙的了。或许用不了多长时间就能再现《前言》所提到的境界：登泰山而见天下小，临洞庭而知浩渺，入眉山古寺则明佛性。

佛之所在圣灵长存，大海慈航万众乘风。

沙亭得友

"不能再犯同样的错误，一定要找到！"

我气喘吁吁地站在马腰岗的半山上给自己打气。

同样是脚下半寸高的落叶层，同样是四处传来窸窸窣窣的声音，一样的手机没有信号，一样困于深山之中，一切一切就是在雷峰山上寻找海云寺遭遇的翻版。

不对，这里应该算是加强版。

马腰岗这座沙路离江边最近的小山包，比雷峰山要大上两三倍。在转了整整一圈之后，在老乡的指点下，我终于在石灰厂旁边找到一条上山的土路。

上山是为了印证在采访猫咪庙往事中听到的一个故事。

第一次去拜猫咪，完全就是冲动下的寻觅之旅。第二次去就做了些准备工作。化龙镇，虽说她只是一个镇，但是面积比越秀区还大。光在这片土地上就有很多番禺区的文物保护单位。梳理之下，除了像"沙路炮台"、"屈氏大宗祠"等一些相对常见的文物保护单位外，还有一些非常有趣的地方。如沙亭村改革开放前最主要的饮用水源"山渗氹"、龙船酋崇拜习俗、潭山村神奇的"蟾蜍仙庙"等等。

第二次拜猫咪的经历同样是不让人满意的。除了雨水，还有别的原因。启程之前，我按照香火店老板娘的指点，在广州就买好了肥猪肉、鸡蛋，虽然买不到薄撑好在还有煎饼替代。又在雨中转了一个多小时，再次来到香火店前。

蟾蜍大仙像

老板娘一下子就认出了我。我掏出湿淋淋的资料请问老板娘“山渗氹”和“蟾蜍仙庙”的位置。

“山渗氹？我们村没有吧？对了，我打电话问下我婆婆。你问一问她？”

“好啊！我还想请教关于拜猫咪的事情。”

“婆婆啊！有位先生请问我们村是不是有个叫‘山渗氹’的地方？还有他还想问问拜猫咪的事情。你有时间吗？就在档口。”

老板娘放下手机，跟我接着聊了起来：“这个‘蟾蜍仙庙’我也不知道，不过潭山村我就知道。我以前一直在那里的制鞋厂上班，生完孩子又上过一段时间。后来儿子上小学了，小朋友读书的事情也越来越多了，我就辞工回来看档口、照顾他。”

“一般来说鞋厂的空气都不是很好，长期来说对身体也不好。”

“是啊，我们这边的厂也不是什么大厂。有时材料特别是胶水的味道会特别重，时间长了人真的是会很不舒服的。所以我辞职其实也有这方面的考虑。潭山村离这里有七八公里，没有车直接到，要转一趟车，不过也不算很远。”

“谢谢！您是本地人吗？”

“我不是本村人，是柏堂村的。”

“就是隔壁的那条村，您是嫁过来的？”

“是啊！”

“两次来的时候都经过柏堂。不过说实在的，柏堂村真的很像城里面的城中村，到处都是密密麻麻的楼房、厂房。”

“是啊，好多都是加工厂。柏堂的厂主要是皮具厂，空气都很差的。”

“这边的生态倒还保持得不错。”

“这边只有几间小厂，总的来说破坏不算大。”

“这边感觉发展不太起来。”

“听老一辈的人说，以前沙亭这边靠水路又有码头，水路运输非常发达，所以这边以前在化龙来说还是不错的。风水真是轮流转的，后来马路越修越好，公路运输越来越发达，越靠近公路的村子就越发展得快。沙亭这边已经是公路的尽头，交通反而不方便。小码头现在也发挥不了什么作用。所以沙亭就发展不起来。不过钱少钱多，就个人的欲望了。”

正说着，老板娘的婆婆已经来到了档口。老人家皮肤黝黑，头发灰白，背微驼着，动作麻利，跟我打个招呼后就坐在靠近门口的躺椅上。

她的脚踝黑而粗，脚底还有厚厚的茧子。她坐在躺椅上但是并没有躺下去，双手放在膝盖上身体前倾，笑脸相对。

她的手心朝上，手心和手背完全就是两种区别明显的颜色。她的手指关节还格外粗壮。看来她这辈子一定吃了不少苦。

婆婆笑着问我：“你想知道些什么呢？”

“我想请教一下关于猫咪庙的事情。”

婆婆平和地微笑着，对我说起了往事。

“很久以前，这里一片都是海。最早有两兄弟从很远的地方过来，就在马腰岗山脚的水中捞起一尊神像。那时陆地还没有那么多，山脚就是江边了。他们捡起神像看到上面模模糊糊刻着‘侯王’两个字，于是就把神像在山脚安顿下来，这两个人也在此定居成为化龙人的祖先。后来建起了侯王庙，位置就是在现在的财神殿附近。这么多年村民一直以来都是把侯王当成村里的主神。每年端午节起龙船、扒龙舟的时候都要请侯王压阵。新中国成立前更隆重，要抬着侯王游街的，和北帝巡游有点相似。村里所有的仪式都是很隆重的。这里的风俗，在起龙船的时候，村民们都要去请大戏。有一年，父老乡亲去请戏的时候，戏班就说，咦，不是已经来请过了吗？大家都不知道是怎么回事。戏班的负责人继续说：'昨天，有一位胡子长到胸脯的老公公已经来订过戏了。'回到村子里一问，没有人知道是怎么回事。起龙那天，戏班如期而至，村民才醒悟是侯王显灵，于是就更加尊重和相信侯王了。"

侯王像

"蛮神奇的！那请问一般是什么时候拜侯王的呢？"

"村里一般是在农历四月二十二日拜侯王，这是相传从水里捞起侯王神像的日子，代代相传都是这个日子。拜侯王和拜其他神像基本一样，只要准备一些鲜花果品，有些比较隆重的也会杀鸡宰猪。"

婆婆兴致不减，继续说起了猫咪庙的往事。长长的故事诉说了灵验的猫咪庙曲折命运。

猫咪庙在"文革"的时候遭到破坏，宫被砸烂了，石猫的耳朵也打没了。这还不算完，石猫被燥热分子扔进了侯王庙对面的池塘。把猫咪扔进塘的人，没过多久在码头帮忙泊船的时候被船挤死了。猫咪在塘里一睡就是二十年。当年燥热分子的后代跳进池塘将猫咪捞起洗净。他还发动村民重修猫咪庙，后来成了村里的首富。

"这件事是真的！因为发生的时间并不久远，村里的人都是见证者。”婆婆特意加了一句。

“村民们都很信猫咪，除了正月十六会去拜猫咪之外，平时也常常有人去拜。本来拜猫咪是一件好事，后来渐渐以讹传讹，说猫咪是管是非的，拜猫咪的供品变成了肥猪肉、鸡蛋和薄撑。”

“啊，不是吗？”坐在婆婆身边的老板娘吃了一惊。

“当然不是了。”老婆婆依旧不急不忙，声音柔和而肯定。

“拜神最讲究的是心要诚，最重要的环节是跟神的交流。很多人都只是重视表面的形式，没有在心里面跟神交流，或者说一套做一套，自然也就没有什么效果了。猫咪是神灵，你去拜神就将心中的不快和郁闷禀告神灵。神灵自然就会根据是非曲直来判定。问题也并不是出在肥猪肉、薄撑、鸡蛋上。不管是什么样的供品，关键是看进供者的心思和他的做法。那些认定了猫咪是管是非的人，心里面其实是害怕甚至讨厌猫咪的。虽然他们嘴上并不会这样说，但从行为上就能看得出来。他们拿着煎好的薄撑混上生鸡蛋液和肥猪肉，直接抹到猫咪的脸和嘴上。他们以为这样就能杜绝别人讲是非了。但他们这样做究竟是在求神保佑还是得罪神灵，其实静下来想一想大家都明白。但传的人实在是太多了，也不是一天两天的事情了，渐渐地就解释不清了。”

古榕树下的蟾蜍仙庙

“嗯。”我回想起报道上四散的鸡蛋壳，也想起了猫咪的玻璃保护罩上那层散发着臭味黏糊糊的东西，终于明白了为什么会用玻璃罩起来了。

“你知不知道什么叫‘问米’？”婆婆的问话打断了我的片段回放。

蟾蜍仙庙旁的社稷门

“听说过，现在还有人会吗？”

“有人会。很多人就是有无法解决的事情才会去问米的。他肯定是做过一些不好的事情结下怨恨又无法解开弥补，才会来问解决的方法。但是也有很多人当问题浮现的时候就受不了，反而开始攻击。其实猫咪的事情也是一样，经常无端端就成为那些人发泄不满的对象。他们又要为自己的行为找到合理的借口，所以就四处散播谣言：猫咪是管是非的，封住了她的嘴一年就会太平无事了。结果越传越离谱。”

婆婆的语调仍然很平静，只是微驼的背稍稍直了起来。

“往年等拜完猫咪之后，我都会去清理。生鸡蛋、肥猪肉都是很容易臭的东西，时间一长还生虫。谣言又成了风气，我还不能马上去清理，只能等段时间才带个长胶皮手套拎上洗洁精用刷子刷大半天才能搞干净。”

我看了看手上提着的生鸡蛋、煎饼还有那肥到不能再肥的猪肉，愣住了。

“你倒没那个心，所以不怕。你就供上去，不要做后面的动作就是了。浪费也是一种罪过。既然带来了，还是物尽其用好。”婆婆帮我打了圆场。

那天总是晕晕乎乎的。拜完猫咪后，我按照老板娘的指点转了两趟公交车来到潭山村。这里的人气比沙亭村要旺盛许多。很多人聚集在入村不远的几棵连绵的大榕树下乘凉。大树正对着潭山村的老人活动中心。中心大门敞开，里面坐满了人，搓麻将声此起彼伏。我在榕树下问了一位长者，回答不清楚。转头又去问中心门口的保安，他笑了，“一看你就不是本村人。你问外地人有什么用啊？你顺着墙边往前，在尽头转入巷子，一直走到巷尾就是了。”

巷子很窄，使得我无法让路给后面的那一辆轿车。人、车只好在窄巷中亦步亦趋。在巷尾，有一个三岔路口，正中有一棵老细叶榕。树虽然不是很粗，但是枝叶茂盛。树下有一番禺区人民政府于2009年立的石碑，上面刻着“细叶榕，树龄405年”。树干上挂着“潭山村古树”的牌子，上面写着“栽种日期：1603年”。而“蟾蜍仙庙”就在树下。

蟾蜍仙庙在很多方面跟猫咪庙很像。庙都很小，不过蟾蜍仙庙的宫比起猫咪庙要豪华一些。猫咪庙旁边有“社稷之神”的神位，而蟾蜍仙庙对面的巷口有一座刻着“社稷门”的牌坊。

相似的还有他们的遭遇，在“破四旧”的运动中他们都受到了冲击。我听在社稷门下的老婆婆说：“当时村民们把庙拆开，你藏一块我藏一块。后来复建的时候，大家又一块一块拿出来重新拼凑起来。”

眼前的蟾蜍仙庙很新，很漂亮，很齐全。我手上拿着一份打印出来的2010年5月1日的《番禺日报》，上面有着一篇题为“蟾蜍仙庙的美丽传说”的报道。

“蟾蜍庙，坐东向西，全庙为花岗岩砌筑的七行滴水门楼状神龛，‘双龙戏珠’顶脊，檐下刻‘蟾蜍仙庙’四字，一副对联分列左右，‘民间财富足，天上月当圆’，乃康有为学生许绍平所提；内供奉菩萨一尊，为蟾蜍大仙之化身，前方设有石香炉。庙体右侧刻有‘墓塑蟾蜍大仙像’、‘癸未岁仲冬日立’字样和捐赠者名单，显示最近一次重修时间为2003年。”

问起庙的来历，老婆婆诉说的也基本上和报道一致。

镜湖书室

有些地方去过一次就会渐渐淡忘，有些则念念不忘，一切皆是缘分。之后好几次去猫咪庙，都没有见到香火店老板娘的婆婆。

我找到了“山渗氹”，原来村民们更习惯叫她“马尿氹”。她就在去往猫咪庙的大路旁边的村落里。我从重修的光绪年间创建的“镜湖书室”走过，一直走到松石李公祠前。一位弓着腰拄着拐杖步履蹒跚的老婆婆跟我说：“你往回走，在全村最漂亮的房子旁边有一条巷子，一直走到尾就是了。我最喜欢喝那里的水了！”

那是一座红色的与众不同的三层小洋楼。“哔哔”，身后传来喇叭声，一辆车后放了个大塑料桶的电动车从我身旁掠过转进小巷。看来，路对了！

小巷直通山边。远远望去，两边都是砖墙，山边有一个用石头堆砌起来的地方。女士下了电动车，卸下塑料桶，用水瓢往桶里面加水，然后盖上盖子，用力晃动塑料桶，接着又把水倒掉再用水瓢清洗桶的外表。连贯、熟练的动作一气呵成，这时我已经走到她的身后，只见她把水桶整个摁入氹中。咕噜咕噜的水很快就注满了大塑料桶，她拿得有点吃力，我上去搭了把手。激起的水花溅湿了我的鞋子，而她穿着水鞋显然早有准备。

“谢谢，谢谢！”

“不客气！您经常来这里打水吗？”

山渗氹

山渗氹清澈的山水

“是啊，我在这里打工十几年了，一直都喝这水。我喝，我老公和孩子都喝。”

“您从事什么工作？”

“我们是搞建筑的。”

“这水真清啊！”

“现在不算清了，这十几天，每天都落雨，这水已经有点浑浊了。到了夏天，把水舀光了，再把苔藓洗干净了，再放水进来。那才叫清澈。”

“这水多吗？”

“水很多，经常还会满溢出来。”

“这水好吗？”

“好！别看现在有自来水了，我都不喝。这水很甜的！”

她边说边用手舀了水往嘴里倒：“很甜很滑，生着喝都没问题。不信，你试试！”

我把手伸入氹中，那份清凉在初夏时节来之不易。

我们一起把塑料水桶搬上电动车。她说她还要赶回去给爱人、孩子做饭。

我回到氹前，踏上氹旁的石坡俯瞰水氹。氹成五边形，四周以及氹底全是花岗岩石板。水清澈见底，可以很清楚地看到石板上还长着青苔。

氹旁番禺区文广新局立起的文物保护单位标志牌上刻着“山渗氹”。水氹建于清代，就位于马腰岗脚，或许这就是村民们更习惯称她为“马尿氹”的原因。

至于沙路炮台，这座位于马腰岗后山财神殿背后的炮台始终没有见上面。

“你怎么总是下雨才来，路很烂你上不去的了。”香火店的老板娘笑着打断了我的“妄念”。

……

这天总算是天气晴朗。我站在空无一人的香火店前。已经好几次面临这样的情况：店门开着、货品堆着，就是没有人。老板娘说，大部分的生意都在清晨时分做了。六七点钟，村里的人出来买菜顺便就把需要的东西买回去。她先生是电工经常要外出工作，儿子还在读小学，一家人聚在一起的时间并不多。上几次电话过后，她匆匆从家里赶来。这次，他们一家三口一起出门玩了。她让我等一等，她请婆婆出来。

过了一会，婆婆出现在路口。

“好久不见，您还好吗？”

“呵呵！还好还好，昨天才出院。”

“啊，怎么了？”

“肾结石，有十公分大。没办法排出，在番禺住了一段时间院，前几天做了微创手术取出来了。”

十公分！真是不小。

“开始也没有觉得什么，就是有时会疲惫一点，有时会腰痛。后来时间长了，排不出去就引发肾炎了。本来想能不做就不做，但是也没办法。”婆婆的话

炮台初露端倪

沙路炮台

中带着微笑，似乎发生在别人身上一样。

“我们这里的结石发病率很高。”

“嗯，应该跟水有关系吧？”

“氹里的水矿物质很多，所以容易结石。”

我想起第三次见到会贤师父时，他的桌面上放着一瓶浓黑色的液体。我还好奇地问师父：“您怎么喝这么浓的茶？”

师父笑了，“这不是茶，是中药”。

“您哪里不舒服了？”

“有肾结石，腰痛。我们这里有药僧，我请他们帮我开药争取把石头打下来。出家人常常吃豆腐，所以结石的僧人也很多。”他的石头最后也同样是手术取出的。

婆婆还没有完全恢复。我说，那您是不是很辛苦？她笑着说现在已经好多了。渐渐地，话匣子打开了。

“婆婆，您贵姓？”

“我姓吕。”

“这个姓在沙亭不多吧，听您媳妇说，这里姓屈和姓苏的比较多。”

“是啊，其实我是可以姓屈的。”

抗日战争期间，日军占领广州之后，派兵驻守沙亭村以控制水路。他们在村里抓壮丁每日给山上炮台的日军挑运弹药、粮食以及饮用水。

吕婆婆的母亲是位大小姐，从未干过重活。一天老婆婆被日军拦住一定要她做挑夫。她年幼的弟弟挺身而出替姐姐担任挑夫。战乱中，老婆婆逃到香港避难。不久日军炸毁沙路炮台撤出沙亭村。老婆婆回来了。男大当婚女大当嫁，老婆婆顶住家里的压力与一位来自江西的男士相恋了。家里一定要男方入赘。老婆婆心疼他，跟他一起离开家庭独立出来过生活。而且不顾家里人的反对，孩子跟随父亲姓吕。

婆婆的母亲在她13岁时去世了，留下她和一个妹妹还有一个出生只有三天的弟弟。

炮台内部情景

齐整的炮台石阶

她的父亲外出谋生，家里的重任落在婆婆的肩上。家中的老人帮忙照顾刚出生的弟弟，婆婆拾柴捡菜。她常常到别人的田间地头捡漏，看看别人在挖番薯和花生时有没有遗留下一些。除了到生产队干活挣工分外，还要在自留地种菜、养猪养鸡。全家就靠她一个人。

“没办法了，那时手停口停，一个人要撑起一头家。结婚的时候嫁了一个比我还穷的，就住在同一个巷子，照顾家人方便。二十多岁才结婚，总算是有人分担一下。”

先生后来外出工作，养育孩子的重任全落在她的身上。

好不容易撑了过去，孩子们也成家了。日子渐渐安稳起来，婆婆也不需要下地了。正要享福的时候，先生突发脑溢血。半夜里，婆婆将他送到医院。慌乱中，她无所适从。冥冥中，她觉得不能在镇医院要转到区一级的医院。血压下不来，医院不同意，婆婆一方面积极配合治疗一方面仍坚持转院，终于说服了医生在三更半夜将先生送到市桥的大医院。她先生在鬼门关上转了一圈又回来了。

“其实我什么也不懂。我最记得我先生刚到医院的时候血压高压去到200。我还傻乎乎地问医生还有没有更高的血压。我的头脑完全是蒙的，再加上也没有医学知识，但是心里面好像有神灵指引一样，不管怎么样都要转出去到大医院。后来医生跟我说真的很危险，当时随时都有可能出大事。”

石灰厂旁上山的小路

漫长的康复期，她紧紧拉着先生的手寸步不离。几年下来，先生不但行动自如、说话清楚，还能骑着三轮车到处走。这个康复的病例更是被树为典范，每年都有大批的医生前来向她取经。她总是笑着说：“多谢神灵保佑！”然后毫不保留地告诉对方康复治疗中的一切细节。

“那您病了，先生不是很着急了？”

“没有，不告诉他。我跟他说我去外地旅游了，省得他焦虑。”

……

“哎，还好赶得及！”

老板娘气喘吁吁地从先生的电动摩托车上跳下来，手里拎着两大袋沉甸甸的东西。

“喽！拿去！”

满满一大袋的豆角，短小肥大。

“我刚刚在我妈的地里摘的，很新鲜的，拿回去吃吧！”

潭山村400年的古榕树

“留给婆婆吧。”

“不用，我们吃不了那么多。这里还有一袋，拿着吧。”

婆婆也笑了，“拿去吧，自己种的很好吃的。我们自己经常吃。”正说着，两婆媳的手攥在了一起，连跟我挥手告别都是一个左手一个右手。

临别前，我特意请人帮我们合影留念。因为我不止收获了很多故事，更重要的是交到了朋友。

婆婆在诉说老婆婆的故事时是那样的轻描淡写，虽然从言语间闻到一丝硝烟的味道，但也就仅此而已。沙路炮台，光绪十年（1884年）时任两广总督张之洞修建的五个炮台之一，与隔江相望的长洲炮台一起担负着封锁珠江下航道的重任。这或许正是当年日军占领炮台又摧毁炮台的原因吧。

我沿着马腰岗公园、财神殿往前走，在十字路口围着山转。一边是良田，一边是沙亭村垃圾堆放中心。再往前就是石灰厂了，顺着大路往前转弯就是马腰岗的后背了。直走向前，山的另一边是育苗场。门口的大叔将我指引回去。

“沙、沙、沙……”两个脚上穿着大雨靴二十来岁的年轻男女正在石灰池里边铲边说笑。对于我提出的炮台，男生一无所知。女孩想了一会，说：“路就是从这里上，但是在哪里我就不知道了。从来都没有上去过。”

路小但并不算很难走，起初坡度也不陡。一边已经开发成苗木场，另一边植被稀稀疏疏。随着上行，路开始分岔。转了好几条路都通往老乡长眠之地。正值清明后，正中的墓地摆放着一束鲜花，其后有一条路更深入山中。走着走着，我已置身于树林之中。路在两块倒塌的石板旁又分成一大一小的两条路。石板巨大，不像是自然之物。我先沿大路走，走着走着眼前豁然开朗，厚厚的落叶也没能完全掩盖那灰砂石阶。石阶落差很大，前脚迈上去人已成弓箭步模样。阶梯宽阔平整，工艺精良，显然有特殊的用途。数级阶梯之后是倾斜角度不大的上坡路面，厚厚的落叶让穿着登山鞋的我打了好几次滑。接着阶梯再次出现，旁边还伴随着一人高的石墙。我兴奋不已，虽然眼前已经是植物挡道。我拨开那些已经被虫子啃得千疮百孔的树叶，挤到楼梯的尽头却发现石墙的顶端空空如也。我退回到石墙下喘气。雷峰山上的遭遇如同电影一般在脑海中闪现。

我与婆婆

我又打起了退堂鼓，特别是在下斜坡时几乎摔倒之后。我再次体会到上山容易下山难。左膝毫无征兆地剧痛起来，我只好原地休息。正当过分依赖手机的我为没有信号而烦恼时，远方传来轮船的鸣笛声。炮台的修建就是为了要封锁江面，当然得向着珠江方向。我瞅了瞅石板旁边那条仅能容纳一人通行的窄路，那边不是更靠近江边吗？！

好像突然换了一个膝盖一样，完全不疼了。在山边上上下下一段路后，眼前突然出现一座巨大的建筑物。圆形的、中空的，对着珠江的方向圆墙上开了个口子，圆墙下方有着一个个炮弹似的坑。对！这就是炮台了！规模之大，即使是圆圈中到处都是与人齐高的杂草都不能阻挡视线。太大了，我随身带的相机仅仅能拍到三分之一。用手机拍全景？我都快转晕了也没有拍到好的相片。我退回入口，顺着土坡爬上厚厚的圆墙俯瞰炮台。我不是学军事的，也看不出资料上说的那些坑道、药库、兵房所在，也不敢钻入杂草丛中找寻。我只看到了那口方方正正的水井。好的，我承认上面提到的“灰砂石阶”是从资料上搬过来的，因为我不知道如何称呼它。我知道的只是那种兴奋，以及兴奋过后的苦涩。我轻身上山都如此辛苦，当年老婆婆的弟弟可是要背着日军供给上山。

下山的时候，差点就迷失了方向，幸好那束花提醒了我。下了山，石灰厂的青年男女对我是否找到了炮台很感兴趣。我想或许有一天他们也会上山寻找。

回程前，我去到沙亭村的尽头。这里是轮渡码头，对面的长洲岛近在眼前。渡口往日熙来攘往，如今却冷冷清清。我站在渡口旁边水闸顶的高台上，久久地望着一波波的浪花在开阔的江面上翻滚，还有夕阳洒在水面上的层层金光。

不昧因果

寺庙走得多了，我发现就像每座寺庙供奉的佛像或多或少都有些不同一样，各有独特之处。

六榕寺，这座与光孝寺齐名的宝刹，对于我个人而言，她更像是一座佛教历史博物馆。

这么说有两个原因，首先当然是因为六榕寺历史悠久，历经磨难。广州先有光孝后有净慧（六榕寺的别称）。光孝以树传，净慧以塔显。南朝宋代，六榕寺原址已建有佛殿，名为宝庄严寺。梁代建舍利塔，后寺、塔均毁于火又再次重建。

历史上六榕寺的占地面积曾经非常大，最大规模时她的面积“横直绵亘实逾二里”。宋代的六榕寺山门在今日的中山六路，贴近广州城墙。就像王熙凤说的那样，大有大的难处。最大的难处就是被人盯上了。

明初，一纸公文割去大半个六榕寺建永丰仓，从此山门东向；清初，两王入粤，寺院东部被切走变成王府；清末，庙产兴学风潮兴起，住持铁禅将自己储蓄私囊和六榕房产收入及不易收到的租田240亩捐给朝廷作办学经费，为此清廷赐一“清修忠悃”牌匾。

第二个原因则是，六榕寺内文物荟萃。花塔、六祖铜像、大佛、数百年的奇石、众多的佛像，还有一块块有着悠久历史的古碑，完全达到博物馆陈列品的水准，无论数量还是质量都无可挑剔。

六祖铜像

我是专门为了六祖铜像而来。清初，两王入粤不仅霸地，而且还将僧人移栖西禅寺。与僧人同行的还有铸造于北宋端拱年间的禅宗六祖惠能铜像。

西禅寺，这座遗址位于现今广州市第四中学内也称龟峰寺的宝刹。她留存下来的仅有六祖铜像、石龟、古井以及清朝的通俗小说《乾隆下江南》中的方世玉。

小说自然是难以考证，石龟的头部被人打断后用水泥补雕上，唯一完好的也就剩下六榕寺中的这尊六祖铜像了。

我站在六祖堂前，只见堂内庄严雄伟，堂中央有一张香案，案上摆着一张木椅，在“应无所住”横额下铜像端坐其上。极目远眺这尊高1.8米、重约1吨非常珍贵的文物，印象最深的莫过于六祖胸前那几根凸起的肋骨，和深陷的眼窝一起显得六祖是那样的精瘦干练。虽然同为铜像，六祖铜像并不像大殿中用黄铜打造的大佛和观音殿中供奉的观音菩萨那样金光四射，而是黑黑的、暗暗的。六祖闭目盘腿入定，是那样的平静。

铜像在西禅寺还历经一番劫难，光绪年间广东署理巡抚游智开因为匪案牵连到西禅寺，竟然下令封寺并欲将六祖铜像交铸币局熔化铸钱。消息传出，西关街坊群起集资，筹得与铜像重量相等的铜值款项，祖像才幸免于难。

1913年，六榕寺住持铁禅法师用广东省佛教会名义，联系西关绅商界，把铜像迎回六榕祖堂供养，以保护佛教古迹。堂侧的碑上，记载了六祖铜像经历的磨难和迎回六榕寺的过程。

不久，始建于南宋淳熙年间的西禅寺被毁。1917年，在西禅寺故址上创立了广州模范学堂。在漫长的岁月中，学堂先后演变成广州市立第五十一小学、广州市市立师范学校，最后成为广州市第四中学。

与其他寺庙一样，六榕寺同样拥有虔诚的信众以及众多的游人。这里的大部分人手中都拿着照相机。六榕寺里有太多东西值得拍摄了。这儿也没有贴出类似“禁止拍照”的字样，僧人们来来往往也不会加以阻拦。快门可以尽情释放。

六榕寺中最负盛名的就是花塔了，据记载：

“寺内千佛塔（花塔）经久风雨剥蚀，塔顶多处损坏，各层栏杆亦多腐朽，市民多年不敢攀登，铁禅引为己忧。民国十九年（1930年）铁禅和赵士观等倡议重修，组织重修六榕花塔委员会，推选铁禅为委员长，赵士观为副委员长，梁致广为总务长，订章程，募经济。塔顶金宝珠重新电饰真金，每层栏杆，改用铁料，比较旧时木料坚固得多，使游人凭眺安全，附有塔旁铜碑记详。”

六榕花塔

民国24年（1935年）4月，举行花塔重修落成典礼，梁致广居士撰《重修六榕寺花塔记》。

碑上还刻着“重修六榕寺花塔委员会职员姓名”，在这里我看见胡汉民、蒋光鼐、陈维周、李汉魂、谢英伯这些在民初响当当的人物。

只可惜如今的花塔被围蔽起来，无法攀登，但是精美的花塔仍是摄友的最爱。

观音铜像

绕过花塔，眼前就是大雄宝殿。这也是六榕寺劫难的见证之一。十年浩劫，大雄宝殿被毁。1983年，重新开放的六榕寺在塔之西重建大雄宝殿，佛像则从文物部门运来。就是那三尊大佛寺赖以成名的尚可喜精铸的高6米、重10吨的黄铜大佛。

大雄宝殿内并不宽敞，三尊大佛基本上已经占去一半以上的空间。正因如此，大殿内没有办法像一般寺庙那样再供奉观音菩萨，而是专门设有观音殿供信众礼拜。

这三座清初所铸的大佛，在外观风格上和其他古刹的佛像迥然不同。例如光孝寺大雄宝殿内的佛像圆润华丽、艺术味道十分浓郁，而这三尊大佛质朴写实、宁静含蓄，反而与信众的距离更近了。

在大雄宝殿和花塔的侧面是图文并茂的碑廊，王勃撰写的《广州宝庄严寺舍利塔碑》当然是最吸引眼球的。碑廊的尽头摆放着为数众多的佛教书籍，供信众随缘索取。

转过碑廊就是观音殿了，殿内供奉着一前一后、一小一大的两尊观音菩萨像。两者相比，就像大殿中的佛像一样有着各自不同时期的鲜明特点。

再过去，就是供奉六祖铜像的六祖堂了。在六祖堂的对面是补榕亭。补榕亭是一座四四方方的亭子，正中央供奉着一尊深褐色的佛像，面容慈祥。在靠近观音殿的亭角下立着一块牌子，说明补榕亭的来历：

“本寺内原有六株古榕树，至1913年尚存2株。时任住持铁禅和尚辟六祖堂前庭补植榕树4株，并建‘补榕亭’。现寺内仅存活3株古榕。2005年，为祈善信身体康宁，住持法量大和尚敬铸药王菩萨像供奉亭内，铜像高2.5米，重3吨。”

铁禅，这个名字又在我心中敲打了一下。这里到处都是他留下的痕迹。清末民初，广州佛教界受到巨大的冲击，铁禅四处周旋才使得六榕寺不像光孝、华林、长寿等名刹那样遭受破坏，相对来说还是比较稳定的。而他的声望更是在重修花塔后到达了顶峰。

福兮祸所伏。当他与来访的日本友人合影的时候并没有想到，或许从那时起日本人就盯上他了。

1938年的广州，市区气氛恶劣、风声险急，铁禅自知不妙离开六榕回到故乡夏茅。

广州沦陷，民众流离失所，死尸载道。铁禅从夏茅跑到蚧坑村，十多天后转移到沙贝乡某小学内。

1939年2月，铁禅因沙贝乡离广州太近，放心不下，决意前往香港避难。于是从小路步行到佛山，忽然听闻，前路很危险，不能再走了。铁禅无可奈何，只好转到张槎乡九蓬胜会，得旧友招待。

1940年6月，日军探知铁禅行踪，派军官带同士兵乘汽车径到九蓬胜会。见到铁禅，日军不胜欢悦，起初还假心假意安慰他，随即胁迫他一同乘车回六榕。强敌环伺，铁禅如同笼中之鸟。

起初日方请铁禅就任日华佛教会会长，他以年高多病不谙为由力辞。

一念之间，铁禅东渡日本，归来后成立国际佛教协会华南支部，从此背上汉奸罪名。

1946年，广东高等法院以汉奸罪状判处铁禅有期徒刑8年，铁禅不服，上诉南京最高法院，改判铁禅有期徒刑4年。这时虚云老和尚从乳源云门寺来看望铁禅，铁禅病势很重，为之申请出狱觅医，法医不许可。9月，铁禅在狱中去世。终年81岁。

礼拜完补榕亭里的药王菩萨后，我在花塔前徘徊，想找机会问问寺内的高僧对铁禅这位昔日的住持抱怎样的看法。

此时，我忽然发现在碑廊旁边的栏杆处，一位身着袈裟的和尚正同保安聊天。

我凑上前去，合十行礼。和尚还礼，但并没有作声。

“我想请教一件事情，是关于铁禅法师的。”

和尚看着我，依旧一言不发。

“我刚才在寺内转了一圈，发现到处都是铁禅法师留下的痕迹。请问师父您

补榕亭

苏东坡像

对他是否有所了解？”

“我不是本地人，来六榕寺才几年。对铁禅法师并不了解，估计他去世的时候，我还没有出生。如果要查这方面的资料，你可以去看一看《六榕寺志》的记载。”

此言不虚，和尚正值壮年，铁禅法师1946年就去世了。他魁梧的身材、宽厚的眼镜以及不多的言语，让人有一种说不出来的威严感。

我并没有死心，简单讲述了一下铁禅法师的经历。最后我问和尚：“您对铁禅法师的遭遇有何看法？”

“凡事不必执着。过去了就过去了，没有追究的必要。因为那样的社会环境、那样的因缘际会，才会造成那样的结果。”

离开六榕寺后，我一直在回味和尚的话语。突然想起一段禅宗公案。

一老翁问百丈怀海禅师：“大修行人，落因果否？”

师云：“不昧因果。”

佛山游记

或许很多人并不知道尚可喜，这个一生充满矛盾的人竟会与广州的佛教庙宇有着不解之缘。

1650年，平南王尚可喜和靖南王耿继茂率领清兵，耗时八个多月攻下广州城。破城之后，大肆屠杀。尚可喜还铸钟纪念这一段“丰功伟绩”。

我曾在“五层楼”的展厅中见过这口钟。它没有玻璃罩保护，四周也没有围栏，只是静静地坐在地上，顶上伴有一盏昏黄的射灯。只见钟上铭文如下：“今上龙飞之七年，平南王奉命恢粤，二月初六师抵五羊城北白云山，结营山阿，凡九阅月。将士奋腾，兵马无恙。其间铸炮制药，随手而应，阴有神助。是年十一月初二恢省，追溯不忘，乃捐赀［资］建造太平庵，内塑佛像。爰勒之钟鼎，以志佛力于不朽，仍镌以铭。铭曰：鸣錞［镦］肃旅，以事南征。缘岩列帐，依岫分营。百举汇应，乃克坚城。爰溯佛力铸钟铭，用以永播其芳声！顺治壬辰岁三月吉旦，平南王建。广州府督捕通判周宪章监造。”

尚可喜在白云山间利用山林溪流铸炮，千年宝刹景泰寺受到严重破坏。

破城后，两王派兵驻扎六榕寺，将僧人迁往西禅寺。耿继茂割六榕寺今迎宾馆地块修建王府。耿调守福建后，该地变成平南王府的一部分。

此时正是尚可喜春风得意之时，但也是其惶惶不安之日。他在广州大修寺庙、盛开法会，以求洗去“嗜杀”之罪，“偿还”屠城血债。

尚可喜将海幢佛屋扩建成大丛林——海幢寺，在龙藏寺故址内修建大佛寺，在大北门内修建檀度庵等。

传说当年在平南王府中，尚可喜收集了一批又一批的琉璃绿瓦，准备用以兴建亭台楼阁。但被人告发其违制、图谋造反，只好将它们捐助给佛寺庙宇，以了此公案。

其中就有一些琉璃绿瓦用于越秀山上的观音阁。

据记载，明永乐年间都指挥使花英在越秀山顶建观音阁。在广州有个流传很广的传说，说的就是观音阁的故事。

明朝弘治年间，伦文叙三斗广西柳先开，打落了他的功名。柳先开是个心胸狭窄的人，他认为这与广东的风水有关。特从江西请来风水先生在越秀山建庙，名为供奉观音实为旱魔，以破坏风水。

两三年后被一位大官识破，观音阁被拆。

“佛山”牌坊

故事还有后续，庙里的女巫化妆成观音到处募集资金，经过多年众人接力，终于在道光六年（1826年）开始重建，修了一部分最后由于局势动荡停了下来。女巫扮的观音最后还得到蒋介石的许可在三元宫占据了一个位子。

远处为越秀山上的镇海楼和观音阁，近处为清真寺

精彩的故事中有着很多的疑问。

也有人说观音阁是毁于鸦片战争时期的英军炮火，众说纷纭。

或许在德国建筑师恩斯特·伯施曼于1906—1909年对中国建筑进行考察时拍摄的越秀山照片中能找到一些答案。

他在拍摄时采用仰拍的方式，通过巧妙的构图将名胜古迹尽收眼底。近处是圆顶的清真寺，远处镇海楼和观音阁清晰可见，两者之间还有长长的古城墙。

当年的越秀山上光秃秃的并没有什么树木，观音阁坐落在山冈之上，规模比“五层楼”还要大许多。

其时越秀山香火鼎盛，当地人也将越秀山称为观音山。

观音阁的衰败在清末民初。当民国政府在1929年修建中山纪念碑时，选址就在观音阁的遗址上。

参观中山纪念碑，从应元路的越秀山百步梯拾级而上是最方便快捷的。百步梯只是一个形象的叫法，楼梯蜿蜒，一望无际，远远不止百级。现今的越秀山浓荫蔽天、郁郁葱葱，和百年前判若两山。起初你还能听到应元路上的车来车往，但转过第一个弯到达平台后，就只剩下鸟叫虫鸣了。古色古香的路灯、不宽的平台上放着两排椅子，为游人提供了舒适的休憩场所。

再往上就是一条路直通纪念碑了，不一会儿便来到孙中山先生读书治事处纪

摘自《国际歌》的石刻文字

念碑。这里曾经是孙中山和宋庆龄居住的粤秀楼。尖顶方柱型的碑位于上山方向右侧的小平台。在碑侧有四个人围成一个直径不到一米的小圈踢毽子，毽子就在巴掌大的空间中左右翻飞。忽然一人要求加入，四人略有难色但还是同意了。加了一个，踢法就乱了，毽子忽高忽低、时近时远，啪啪的落地声越来越密集。

“好嘞，够钟食饭啦，唔玩啰。（好了，到时间吃饭了，不玩了。）”

话音未落，队形已散。拎包的、喝水的、抹汗的，新加入的那人也摇着扇子走了。当他的背影还没有消失，原来的那四人又开始踢了起来。

纪念碑的正面有一个三四级的石阶，紧接着一个几平方米大的平台。这里是最佳的拍摄角度，纪念碑和平台一览无余。平台附近的树木更茂密了，远离百步梯的一侧是山墙，墙的另一头就是广州市第二中学。不但人在树荫下躲避酷暑，动物也一样。一只黄猫在和它身体一样宽的山墙上迈着正步巡视领地。

继续沿百步梯往上走，在左侧有一片平坦开阔的空间。这里有挂着古木牌子的老榕树，或许就是德国人照片中当年越秀山上罕见的大树吧。树下设有石桌、石椅，满地都是落叶。石椅有五六张，但坐的人没几个。游人聚焦在平台上的回廊当中。有的扇着葵扇，有的正在对弈观棋者激动得指手画脚，有的打着盹，有的练着太极。在这见光不见太阳的地方，大家都优哉游哉的，互不干扰。在回廊边上，一些破旧的石墩歪歪斜斜地倒在角落里，也许是昔日观音阁的遗物。

离开这片大平台之后，再往上就鲜有平整的地方了，偶尔有块稍微平坦的地方也被游人利用了起来。又是四个人围成一圈在踢毽子，但一面是悬崖，周围

“古之楚庭”牌坊

“粤秀奇峰”牌坊

环绕着密密麻麻的树丛，只留下一条崎岖的土路。鲁迅先生说得好，世间本没有路，走的人多了，便成了路。

终于走到百步梯的尽头，这里是一个十字路口，左镇海楼右小北花圈，往上有两条路。新路直通中山纪念碑，旧路抵达佛山牌坊。穿过硕大的牌坊，沿着山边小路上行。这儿树木遮天蔽日，坡陡路滑，石阶凹凸不平，树隙中艰难地透下一丝的阳光指引着前行的道路。枝叶低垂，遮挡了去路。在伸手撩开的同时，还要避免踩到脚下爬来爬去的虫子。

总算踏上了石阶的终点，此处有一个90度的转角连接着上下不同方向的两段楼梯。依偎着粤秀奇峰牌坊的石墙上，雕刻着意味深长的文字——“从来就没有什么救世主，也不靠神仙皇帝。要创造人类的幸福，全靠我们自己”。

转过弯，沿着另一段楼梯上行，就到达了“古之楚庭”石牌坊。据记载，该牌坊始建于清顺治元年（1644年），同治六年（1867年）重建，为两柱一间一楼的花岗石结构。“楚庭”是人们所知的广州最早使用的名字。

我静静地坐在牌坊旁边的石凳上。抬头仰望中山纪念碑，不禁想起那句名言：革命尚未成功，同志仍需努力！

再遇大佛

眉山寺之行除了侧殿旁边那些苏氏祠堂的牌匾之外，就属介绍中关于住持如心法师的那一句“因感叹世间无常”而出家令我印象深刻。

这句话让我想起了虚云老和尚写的那副对联：“坐阅五帝四朝不觉沧桑几度，受尽九磨十难了知世事无常。”

无常本是世间常态，但又有多少人困顿其中。我也常常执着蹉跎于无常之中。

“你是干什么的？今天要做法事。这里不对外开放的。”

我递过去一张撕得歪歪扭扭的纸条。这是我刚刚蹲在门前的大榕树下写的。

“听说这里就是以前的志德慈善中医院，我想深入了解。上面有我的电话号码和咨询内容，如果方便的话请跟我联系。”

对方接过了纸条，合十行礼后慢慢地掩上了大门。

这是最后一次尝试了。尽管就站在志德字院的门口，但是我不能入内一步，只能看着本焕长老给字院题的字发呆。

最早看到有关“志德”的记载，是在藏于大佛寺佛教图书馆的《虚云和尚方便开示》一书之中。

“善知识，今天是佛教志德医院成立日子，承各位邀虚云主持开幕典礼，这事甚为希有。广州医院，冠上佛教两字者，尚属初见。善知识，人生八苦，病居其一。我佛出世，原为众生离苦得乐。所以五明之学，有医方明，禅门晚课愿文，有疾疫世而化药草之句。菩萨为众生救疗沈痾，不惜身命。如药王菩

大佛寺大雄宝殿

萨，以众香涂身，自焚供佛，供佛即是供众生。‘心佛与众生，是三无差别。’华严了义，其理可思。诸佛时时念著［着］众生，如母念子。众生心有贪瞋痴三病，佛为说戒定慧三法以治之。众生身有风寒暑湿之病，佛为演‘医方明’以治之。净名经所谓：‘众生病故，菩萨病。’同体大悲，慈眼如是。善知识，世间贤圣，亦同此心，亦同此理。只如神农尝百草，亦是为众生而尝。菩萨在因地修行，现种种身而为说法。神农氏即是菩萨，现医王身而为说法。善知识，人类的病，五欲为因，或属宿业，无始亦由五欲。疾病发作，需他救治。目前无力求医者，实非少数。各位善长，发心倡办此院，赠医赠药，此心便是菩提心，正是我佛慈悲本怀。善知识，菩提者，正觉也。正觉之心，不落人我善恶二边，平等布施，冤亲无间。医著［着］我的眷属固然留心，医著［着］他人眷属，亦同样尽道。善人恶人，入到院来，等心看护。我佛过去生中，尝舍身饲虎，其义可思也。此院深赖梁董事长，及陈院长热心毅力，乃有今天的成就。古语说：‘莫为之先，虽善不彰。莫为之后，虽美弗扬。’座上大众，今后总要有钱的出钱，有力的出力。六祖说：‘佛法在世间，不离世间觉。离世觅菩提，恰如求兔角。’大众努力，开此院是大慈大悲工作，实现我佛‘方便为究竟’的真谛，虚云不胜馨香顶祝之至也。”

随后又在广州图书馆旧址的地方文献室藏的《广州市第一人民医院院志》中查询到：

“广州市佛教志德慈善中医院的前身是志德婴孩医院，创建于前清，设中医生、护士多人，广州沦陷期间该院停办，院内房舍家具备受破坏。抗战胜利后，1948年1月佛教同人将该院加以整修，于民国三十七年（1948）四月九日将医院改名为‘志德慈善中医院’，办理中医慈善事务（门诊留医均是赠医施药，只是收回挂号费，个别还施赠棺木），由庄省躬任院长，7月由程蓬继任院长。该院院址在市一卫校马路对面原市一医院动物饲养房旁边，有前后两座楼，前座楼下外面做门诊，楼下后面及二楼做病房，共有8、9间病房，病床共30张。每日来门诊就医的有100—150人，要求留医约有30—40人。该院医务主任蒋德存，董事长梁定慧，总务主任梁义三。1950年8月10日，市人民政府指令‘方便医院’接收整个志德中医院，将其前座改为职工宿舍，后座作为收容难民病区使用。至1951年8月才将病人全部转入方便医院留医，志德医院两座房子全部改为职工宿舍，1957年6月市一医院将志德医院房舍全部交还佛教会。”

继而从新闻报道中得知志德慈善中医院的创办人之一杜淦珍的故事。而她的儿子已经77岁的陈澄接受采访时，仍然对母亲的往事记忆犹新。

我还找到了当年慈善医院颁发给医生的聘书。万事俱备，正当我雄心勃勃地想大书特书此段往事的时候，突然发现联系不上陈澄了。我去到位于荔湾路口附近人山人海的十三行国医馆，护士小姐告诉我，陈老医生因为年迈已经不应诊了。

正当我踌躇万分的时候，一位荔湾区文广新局的朋友自告奋勇说他与十三行国医馆的医生都

大佛寺禅堂

很熟。半个月之后，消息传来依旧是联系不上。

递纸条是我最后的一次尝试。结局自然是石沉大海。虽然类似的经历很多，但是远远没有这一次来得沉重。或许这就是无常的滋味吧。

其实寻找海云寺的努力也是以类似的形式结束。

2014年8月的一个午后，我伫立在西湖路广百总店楼下，凝望着对面的大佛寺。

我很难想象这座位于闹市之中的古刹在短短一年间就发生如此大的变化。

一年前的我站在这儿是看不见她的。

如今我在店前平视透过断开的骑楼可以看到她，仰视则可以看到顶着绿色琉璃瓦雄伟庄严的她。尽管在其周围环绕着富丽堂皇的广百大楼、光明广场、名盛广场，她仍以独特的建筑风格吸引着游人的目光。

远远望去，复建中的佛教文化中心大楼像一个大工地，黄瓦之下全是脚手架、绿色的网兜以及各式各样或横或竖的安全警示标语。围墙正中的铁门旁挂着“广州大佛古寺”的牌子。右边院墙上依次陈列着《如是雨林》杂志简介、大佛寺轶事、复建效果图、义工部介绍等资料。

我驻足在复建效果图前，久久不愿离去。我念念不忘的大佛寺图书馆，将会并入那新建的大楼当中。

如果说此前的寻觅金花庙、海云寺以及造访无着庵更多的是没有思绪的误打误

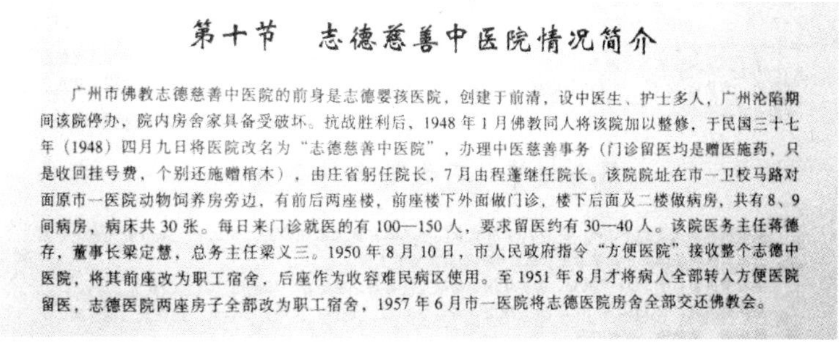

第十节　志德慈善中医院情况简介

广州市佛教志德慈善中医院的前身是志德婴孩医院，创建于前清，设中医生、护士多人，广州沦陷期间该院停办，院内房舍家具备受破坏。抗战胜利后，1948 年 1 月佛教同人将该院加以整修，于民国三十七年（1948）四月九日将医院改名为“志德慈善中医院”，办理中医慈善事务（门诊留医均是赠医施药，只是收回挂号费，个别还施赠棺木），由庄省躬任院长，7 月由程蓬继任院长。该院院址在市一卫校马路对面原市一医院动物饲养房旁边，有前后两座楼，前座楼下外面做门诊，楼下后面及二楼做病房，共有 8、9 间病房，病床共 30 张。每日来门诊就医的有 100—150 人，要求留医约有 30—40 人。该院医务主任蒋德存，董事长梁定慧，总务主任梁义三。1950 年 8 月 10 日，市人民政府指令“方便医院”接收整个志德中医院，将其前座改为职工宿舍，后座作为收容难民病区使用。至 1951 年 8 月才将病人全部转入方便医院留医，志德医院两座房子全部改为职工宿舍，1957 年 6 月市一医院将志德医院房舍全部交还佛教会。

《广州市第一人民医院院志》中关于志德慈善中医院的记载

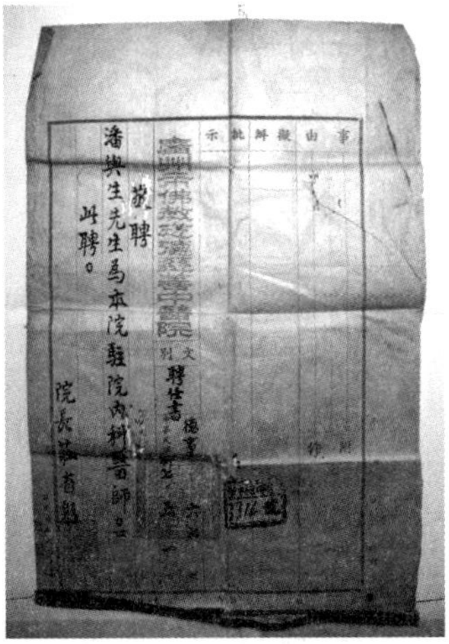
事由 擬辦 批示
聘任書
敬聘
潘與生先生爲本院駐院內科醫師
此聘。
院長

广州市佛教志德慈善中医院聘任书

撞的话，那么从大佛寺图书馆查询到的线索则为我勾画出了寻找的思路和方案。我怀念那十个扎在大佛寺图书馆里的日日夜夜。

蛇年春节前夕，我受无着庵住持的指点到大佛寺向方丈请教有关海云寺的往事。大佛寺的山门开在惠福食街上，离光明广场只有一街之隔。不对，那并不能称为山门，只是一个牌坊而已。树荫下的食街光线并不充分，街口也并不大，我在附近转了两圈才看到牌坊和一对石狮子。沿着小巷直入，两边的商铺有卖吃的，也有卖香火和鲜花的。一进入巷口就围过来几个拄着拐杖的乞讨者，后面则是五六个立着“半仙”及“神算”牌子的“神人”，更牛的是干脆捧着盒饭席地而坐的“好汉”们。“香花店”人来人往，门口的桌面上摆放着各种规格大小的香，另一侧则是大大小小的白桶里面插满了鲜花，其中睡莲居多。这里的生意还不错，毕竟在现代化的市中心想买香也并不是一件特别容易的事情。

我买了两捆香，走进山门里的天王殿。正前方是笑口常开的弥勒菩萨，左右分别是东南西北四大天王，背后是韦驮护法，除了造型上略有差异以外和其他的佛教寺庙并没有太多的不同。两侧分别是法物流通处和光碟流通处。在这里，你能找到各种类型的音像资料。义工们在资料架上间隔出小格子用于存放资料。我观察着他们辛劳贴在上面的条目，有大师说法的，有佛教音乐的，也有佛教歌曲的。

我请义工帮我找一张有《心经》的佛教音乐CD。

那位大姐愣了一下，喃喃自语：“现在很少人找CD了。”

她花了十多分钟才从小山一样的库存碟片里找到一张，笑着递给了我：“齐豫的佛歌专辑CD。来，我放给你听。第一首就是心经。”碟片并没有什么包装，只有一个薄薄的CD袋套着。她轻轻地取出CD放入一台式DVD中，动人的旋律和美妙的歌声随即响起。

“请问多少钱？”

“你捐5元吧。”

我掏出5元投入香火箱中。

“多谢！阿弥陀佛！”

“应该的！阿弥陀佛！”

在门侧还有一个书架靠在墙上，上面堆满了书。在旁边的墙上贴着一张写有“随缘取阅”的条幅。

走出天王殿，你会发现整个大佛寺似乎有点四合院的味道。

正前方是大雄宝殿，也是历经磨难的大佛寺唯一幸存下来的珍贵宝物。

左侧是“大佛古寺禅修中心”，门楣上贴着红纸写有“禅堂”字样。在最靠近天王殿的一侧，许多人正在排队领取居士服，准备进入堂内。堂中有人领唱，他唱一句众人跟唱一句；也有领头之人，大家跟随着他按一定的路径在堂内诵经绕行。信众不断地加入，以至于首尾几乎连接在一起。

右侧是大佛寺图书馆。四面之中仅有一个香炉，其余空空如也。连香灯也特意放在大雄宝殿两侧，刻意营造出一个巨大的中庭广场。

大雄宝殿前的诸多楹联中，“阐扬三密”是孙中山先生的墨宝。而最靠近大殿的一对楹联讲述的是大佛寺的历史。

楹联中提到的尚可喜更是大佛寺的关键人物。两王入粤时焚毁了当时已是南明公署的大佛寺前身龙藏寺。康熙二年（1663年），尚可喜捐王俸铸大佛原址重建佛寺。佛寺亦因大佛而得名。尚铸幽冥钟并频开法会超度亡灵。殊不知祸起萧墙，被儿子兵变软禁。气愤焦虑中离世，之后停柩于大佛寺。可谓与大佛寺结下不解之缘。

然而转了几圈，只见香客不见僧人。我徘徊在大雄宝殿与地藏殿之间，不知如何是好。踌躇间我看见一位和尚正与三四个人一起走了过来。他们走到停在图

复建中的大佛寺佛教文化中心大楼

书馆前的面包车旁驻足，然后握手告别。对方上车之后，和尚合十行礼又挥手致意直到车子从视野中消失才转身离去。

我快步赶了过去，奈何两人相距甚远。幸好有位女居士向和尚驻足行礼，和尚躬身还礼。我三步并做两步拦在了和尚的面前。和尚愣了一下，正欲绕行。我合十行礼：“师父，您好！”

“阿弥陀佛！”

“我正在写一本书，是关于广州消失的庙宇的。前段时间我去寻找海云寺，但没有找到。我到无着庵想了解一下海云寺，因为两者之间渊源很深。无着庵的住持推荐说大佛寺的方丈学识渊博。我特意来此请教，不知方丈是否在寺内？”

和尚笑了，推了推眼镜说：“现在都太忙了，年前有很多活动，等新年后吧。新年期间在白云山的能仁寺还有法会活动。时间都已经安排满了，要不你过完十五再来？”

“好的，谢谢师父指点！”

和尚笑着点点头，正欲离去。

“请问师父如何称呼？”

“耀智。”

“请问是哪个耀哪个智？”

“荣耀的耀，智慧的智。”

“请问您是否方便留下电话，以后好方便联系？”

“13×××××××××。”

分别后为时尚早，我进了大佛寺的图书馆。此前的经历告诉我，广州图书馆也好，中山图书馆也罢，宗教类的书籍并不多。我也只是抱着试一试的态度进去看看。以正中供奉的佛像为界，左右两边各有数排书架。除了经律论之外，这里还收藏了民国时期的多种佛教杂志，以及许多关于佛教教理、历史的书籍，让人大开眼界。

如获至宝的我一头扎进图书馆，每日中午到隔壁的素食阁吃个便饭就又回来继续查找资料。两边的书架前各有五六张桌子供读者使用，就这春节前的十来天一直都是一位难求，还真是让我意外。

在图书馆里，我找到了许多资料和线索，也渐渐在一片混乱中理清了思路。可惜很多寺庙都因为素材不足没有写进本书，如镇海楼下的红棉寺，珠江三石上的慈度寺和浮丘寺，俗称太监寺的东山寺，小北路的药师庵和飞来庙，黄华路的黄华寺……

十多天后，我开始了白云山之行。在能仁寺，我在大雄宝殿旁边摆设的法事活动照片上看到了耀智大和尚的身影。原来他就是大佛寺的住持也兼任能仁寺的方丈，同时还是广州市佛教协会会长、广州市政协常委。

回想起初遇大和尚的情形，我忍俊不禁。

元宵节后，我按照约定再次来到大佛寺。

我给大和尚发去一条短信想当面请教。十多分钟之后，大和尚回复说，很不巧当天他有活动要出席。另外，他对海云寺的历史并不是很清楚。他试着去找找对海云寺的历史比较熟悉的师父，再介绍给我认识。可惜他事情太忙，我也不好意思再去打扰，事情从此搁下。

几天之后在广州市作协的新年团拜会上，我与之前一起合作过写报告文学的作家重逢。当得知我最近在写一本关于已经消失的广州庙宇的书时，他轻轻地问：“你怎么选这么难写的题材？”

其实我也不知道是为了什么，但我知道过程比结果更重要。